從零開始
學英文寫作

ゼロからスタート英語を書くトレーニングBOOK　成重 壽 著 陳書賢 譯

想試著用英文寫作，卻遲遲不知如何下筆；英文沒有很好的話，想要用英文寫作應該很難吧；難得認識了外國人，卻沒辦法用英文寫信和聊天。

有想過要去學英文寫作，不過因為覺得很難達成自己所想的目標，所以一直無法踏出第一步；曾有這種沮喪心情的人應該很多吧！

不過，我第一個要跟大家說的是，**「用英文寫作」絕對不是什麼很難達成的目標，也不是只有那些英文程度很好的人才能做到的事。不論是誰，只要你有國中英文的程度就能用英文寫作。**

● 運用 20 個公式，不論是誰都能用英文寫作

這本書是為具備初級英文程度的人所編寫、從零開始的英文寫作訓練書。

首先，在基礎篇會介紹寫作必備的 20 個公式。從進行「英文寫作」的觀點來說明概念，並以國中程度的英文文法做延伸，在熟悉公式之後會有「重組」及「造句」的練習。**若徹底學會這 20 個公式，那就擁有進行英文寫作的基礎能力了。**

在應用篇中，則會綜合運用這 20 個公式，來挑戰「三句寫作」，這個練習是為了讓你能夠利用簡短的文句，自己寫出一定的文章架構。用一個句子無法清楚表達的內容、句子之間的連結、自己想表達的想法，都可以利用三個句子來做練習。這部分涵蓋了各種具挑戰性的內容，包括訊息、信件、日記到商務文書等等。

◉ 快樂擁有豐富創意

　　本書的目標是讓你能夠用愉悅的心情來練習英文寫作。和背單字、單純練習聽力等其他學習內容相比，英文寫作更有發揮創意的空間。你可以思考要用什麼句型、按照自己的意思選擇詞彙，**且能享受到在完成自己所想要表達的句子時，所帶來的成就感。就這方面而言，英文寫作就如同創作詩詞歌賦一樣。**

　　為了讓你能親身體驗到箇中樂趣，本書按照各階段，在組合英文句子的過程中會強調各個重點。在建立「句子架構」後，會再加上「修飾語」，並以此為基礎，在過程中詳細介紹重組詞彙的方法。如此便能清楚了解在用英文寫作時，那深具創意的過程。

◉ 邀請你一起參與，實際動手寫寫看

　　在本書之中特地為你預留了練習的欄位，請試著自己動筆寫寫看。**只要實際動手寫，你的身體就會記得「寫英文」的這個動作，也能輕鬆把單字記住。**

　　這本書想要達成的目標是「用英文完整寫出自己的想法及心情」，而這個目標不論是誰都能達成。

　　就讓我們拿起筆，開啟英文寫作之門吧！

作者

目次　CONTENTS

英文寫作的日常生活必備表達 420

本書的使用方法

這本書會從英文寫作的基礎開始講起，在「基礎篇」會讓你學會 20 個英文寫作公式，「應用篇」中則收錄了「三句寫作」的練習。

● 基礎篇「20 個英文寫作公式」

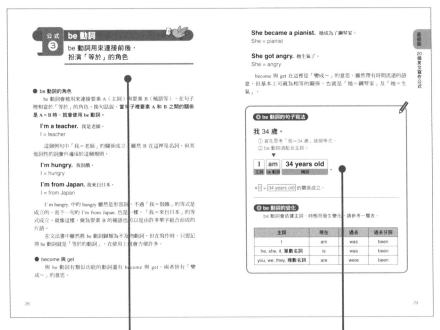

① 英文寫作公式

介紹被濃縮成 20 個公式的英文寫作訣竅。雖然是以國中英文文法為基礎，但這裡會從寫作的觀點出發來講解公式的使用方法。

② 句子的寫法

以實例說明英文句子的實際組成方式，並按部就班地說明英文句子的寫法，讓初學者也能輕易理解。

●應用篇「三句寫作練習」

① 主題與文章類型

各單元的主題與文章類型。文章類型
有電子郵件、訊息、部落格到商務書
信等各種不同體裁。

② 主題句的中文

這是三句寫作練習的中文內容。到底
要怎麼寫出正確的英文呢？先思考再
動手吧！

③ 試著寫寫看！

拿起原子筆或鉛筆，自己動手寫寫看
吧！自己親自動筆的這個過程，將會
讓你養成寫作的能力。

④ 單字・表達

介紹重點單字及慣用表達。

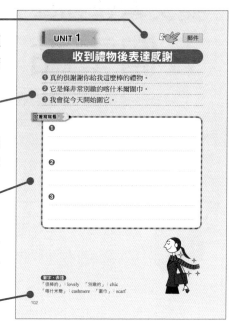

UNIT 1　　　　　　郵件

收到禮物後表達感謝

❶ 真的很謝謝你給我這麼棒的禮物。
❷ 它是條非常別緻的喀什米爾圍巾。
❸ 我會從今天開始圍它。

【試著寫寫看！】

❶

❷

❸

〔單字・表達〕
「很棒的」：lovely　「別緻的」：chic
「喀什米爾」：cashmere　「圍巾」：scarf

102

▶▶「解說」頁面中，將會逐句說明
　　寫出正確句子的過程，並會以清
　　楚明瞭的方式分成兩步驟來說
　　明。

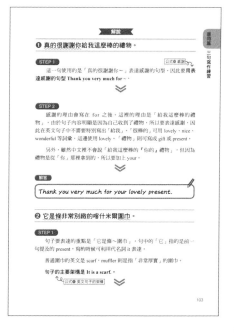

▶ 解說 ◀

❶ 真的很謝謝你給我這麼棒的禮物。

STEP 1　　　　　　　　　　　　公式❸ 感謝
　　這一句使用的是「真的很謝謝你～」表達感謝的句型，因此要用表
達感謝的句型 Thank you very much for ~。

≫

STEP 2
　　感謝的理由會寫在 for 之後。這裡的理由是「給我這麼棒的禮
物」，由於句子內容明瞭是因為自己收到了禮物，所以要表達感謝，因
此在英文句中不需要特別寫出「給我」。「很棒的」可用 lovely、nice、
wonderful 等詞彙，這邊使用 lovely，「禮物」則可寫成 gift 或 present。
　　另外，雖然中文裡不會說「給我這麼棒的『你的』禮物」，但因為
禮物是從「你」那裡拿到的，所以要加上 your。

≫

解答

Thank you very much for your lovely present.

❷ 它是條非常別緻的喀什米爾圍巾。

STEP 1
　　句子要表達的重點是「它是條～圍巾」。句中的「它」指的是前一
句提及的 present，寫的時候可利用代名詞 it 表達。
　　普通圍巾的英文是 scarf，muffler 則是指「非常厚實」的圍巾。

　　句子的主要架構是 It is a scarf.。
　　公式❶ 英文句子的架構　　≫

103

應用篇
三句寫作練習

9

英文寫作初學者的
五個重點

這裡收錄的是希望初學者們在開始進行寫作前能知道的事，本書已將心得及竅門整理成了五個重點。先將這五個重點牢牢記住後再開始寫作吧！

重點①
英文寫作的第一步是「借用句型」，只要模仿「句型」就能簡單上手！

相信大家對於英文寫作都會抱持著「很困難」的刻板印象。的確，從零開始進行寫作是有難度的，中文也是一樣，相較於口說與閱讀，寫作更加困難。

不過，我們並不需要從零開始進行英文寫作。不論任何語言，都有自己的「句型」。

例如，在描述「今天是陰天」這種天氣資訊的句子時，只要帶入＜It＋is＋天氣的形容詞＞這個句型即可；要表達「可以盡早回信嗎？」等用來請求他人的情境時，則帶入＜Could you ~?＞這種表達請求的「句型」。

透過像這樣按照句型來組合英文的方法，就算你的實力只有國中英文的程度，也都能學會如何用英文寫作。

本書將會在 20 個「英文寫作公式」裡介紹英文句型及相關使用規則。利用這些公式並進行英文重組的練習吧！寫作公式的內容豐富，從動詞、時態、假設語氣等基本句型，到副詞、介系詞、冠詞等細部統整性的內容都有。

重點② 要多多活用字典！

　　英文寫作不是考試，所以寫的時候可以多多活用字典。在實際寫作時，很多時候都不可避免地要使用字典。

・到底是及物動詞還是不及物動詞？

　　當不清楚自己所使用的動詞是及物還是不及物動詞時，就是字典登場的時候了！不及物動詞的後面在接受詞時，中間必須加上介系詞，所以也要好好確認用哪個介系詞才是對的，而字典中會明確標示「不及物動詞（vi.）」和「及物動詞（vt.）」。

・確認搭配詞的用法

　　英文與中文相同，都有固定的片語及詞語搭配使用的方式。例如，中文裡會說「去散步」，但不會說「拿一個散步」或「擁有一個散步」，不過，英文則會說 take a walk 或 have a walk。所以必須從字典中的例句來確認搭配詞的用法。

・對單字本身不了解

　　生活中經常會碰到不認識的單字，或忘了想要使用的單字長什麼樣子，這時就趕緊打開字典，從例句中尋找最符合你需求的單字吧！

・大力推薦使用網路字典

　　用電腦寫英文的機會很多，因此推薦大家可以多使用電腦的字典軟體及線上字典。我平時會用電腦工作，覺得電腦上安裝的字典軟體非常方便好用，不僅有英中、中英字典，也能查詢近義詞。此外，利用字典軟體搜尋的同時，也能練習拼字。

重點 ③ 中文和英文的概念不同，必須注意英文的文法結構！

　　中文和英文的句子，在結構與組合方式上大不相同，一邊注意這點，一邊練習如何寫出英文句子吧！

下午三點 在常去的那家咖啡店 見面吧。
　A　　　　　　B　　　　　　　C

　　這種句子在日常生活中經常會用到。中文順序一般都是 A → B → C，但英文的順序卻相反。

Let's meet at the usual café at 3 p.m.
　　C　　　　　B　　　　　A

　　英文的順序就像上面這個句子一樣是 C → B → A（B 和 A 可以交換位置）。使用英文表達的時候，這個句子最主要的邀請功能「～吧」會在一開頭就表現出來。

　　再舉一個例子。

我 為了見朋友 要去京都。
　A　　B　　　　C

　　中文順序一般是 A → B → C。換成用英文來說的話又是怎麼樣呢？

I'll go to Kyoto to meet my friend.
　A　　C　　　　B

　　主詞 A 的位置不變，主要的動作「要去京都」往前挪，表示原因的「為了見朋友」則放在最後。

　　基本上英文有「先表達重要資訊」的特性。

　　我們會在本書中不斷為大家說明中英句子在結構上的不同。

重點 ④ 快樂寫作的祕訣，享受過程吧！

　　英文寫作其實是件很有趣的事。我認為與學習其他技能相比，學習英文寫作有著不同的樂趣。

　　英文與中文就如同到目前為止所看到的一般，不論是概念還是句子架構都不同。在不同語言之間，中文究竟要如何才能被轉換成英文，探尋這個議題的過程是相當有趣的。

　　如何將中文轉換成英文？首先，先思考英文的架構，再決定用來修飾的部分（修飾語）。修飾語有各式各樣的形式，因此在寫作時可以像是在做頭腦體操一般，先多方思考，再來享受創作的樂趣！

　　詞彙也有很多可以選擇的空間，例如「非常好的」就有 lovely、elegant、wonderful、beautiful 等眾多意義相近的形容詞可供選擇，在寫的時候可以根據不同情境或自身感受，來選出最貼切的那個字。

　　在這個層面上，也可以說寫作就像是在寫詩詞歌賦一般。

　　在如此具創造性的過程之中，不僅可以實際感受到寫英文的樂趣、也能讓人更加熱衷寫作，自然而然提升寫作能力。

重點⑤ 英文寫作是傳達資訊的能力，也是口說能力的基礎！

　　英文能力是由聽力、閱讀、口說、寫作這四種能力所組成的。其中聽力與閱讀是「接收」資訊的能力，口說與寫作則是「傳達」資訊的能力。

　　用來傳達資訊的這兩個能力，彼此之間有著共通點。**想要傳達資訊時，必須經過組合句子的過程，好好思考並組合出句子的是寫作，而需要迅速處理這個過程的則是口說。**

　　有人說英文是「我手寫我口的語言」，也就是說，在口語體與書寫體的文字使用差異上，英文比中文或日文都要小。當然英文中也有法律文書、商用文書，不過就電子郵件、日記及社群媒體等方面，要用口語的方式來寫作是完全沒有問題的。

　　總之，只要不斷提升寫作能力，同樣屬於傳達資訊的口說能力，就自然會提升。把「英文寫作能力成長，會話能力也會成長！」的這種想法牢牢記住，一起練習英文寫作吧！

幫助寫作的英文文法基礎知識

在本書中說明的英文文法，大都是國中英文文法的程度。書中會以兩階段 ①建立句型架構 → ②修飾句子，來進行寫作教學。因此請牢記以下常見用語。

建立句型架構的要素

主詞 (S)　　行為、狀態的主體詞語，是四大要素中第一個出現的。

動詞 (V)　　用來表示主體行為或狀態的詞彙。可分為後面能夠直接加受詞的及物動詞以及不能直接加受詞的不及物動詞。不過，若在不及物動詞的後面先加上介系詞，那麼就可以在介系詞之後加上受詞。

受詞 (O)　　受詞是承受動作（動詞）的對象。

補語 (C)　　表示主詞或受詞狀態的詞彙。在特定句型中，可能會出現「主詞＝補語」或「受詞＝補語」的關係。

用來修飾句子的要素

修飾語 (M)　排除在句型架構之外的要素，可利用副詞或介系詞來引導。

I love you. （我愛你）
主詞　動詞　受詞

We are students. （我們是學生）
主詞　動詞　補語

She jogs every morning. （她每天早上都慢跑）
主詞　　動詞　　修飾語

基本的文法用語

單字　　　詞彙的最小單位。

dog　night　happy　the

片語　　　由多個單字組合而成的詞組。

last year　over there　in the morning
to pass the exam

子句　　　在由兩個以上的句子所組成的長句之中，各別句子就被
　　　　　　稱為子句。
主要子句：在由兩個以上的句子所組成的長句中，較重要的。
從屬子句：在由兩個以上的句子所組成的長句中，較不重要的。

I played football when I was child.（我小時候有踢過足球）
　　主要子句　　　　　　　從屬子句

詞性　＊「動詞」部分請參照「建立句型架構的要素」。

名詞　　　表示人、地、事、物、概念等的名稱。

代名詞　　用來代替名詞，代名詞中有主格、所有格、受格、所有
　　　　　　代名詞、反身代名詞。

I（主格）　**my**（所有格）　**me**（受格）
mine（所有代名詞）　**myself**（反身代名詞）

形容詞　　用來修飾名詞的詞彙，可描述物品、人的樣貌、外觀等
　　　　　　等。

副詞　　　用來描述情境或加強語氣的詞彙，除了可以修飾動詞、
　　　　　　形容詞或副詞之外，也可以修飾整個句子。

助動詞　　用來輔助動詞表達語意的詞彙，會出現在動詞前方。

| 連接詞 | 用來連接單字或句子的詞彙。 |

| 介系詞 | 用來引導時間、地點、方向等情境的詞彙,會出現在名詞的前面。 |

| 冠詞 | 放置於名詞前面,用來表示不特定單數或特定與否。 |

| 感嘆詞 | 用來表達情感的詞彙。獨立於其他句子要素,依情境個別使用。 |

Wow!(哇!)**Oops!**(哎呀!)**Congratulations!**(恭喜!)

其他句子要素

| 不定詞 | 以<to＋原形動詞>呈現,可做為名詞、形容詞或副詞。 |

| 動名詞 | 以<動詞 -ing>呈現,扮演名詞的角色。 |

| 現在分詞 | 以<動詞 -ing>呈現,扮演形容詞的角色。此外,<be＋動詞 -ing>所表達的是現在進行式。 |

| 過去分詞 | 以<動詞 -ed>呈現,扮演形容詞的角色。此外,<be＋動詞 -ed>所表達的是被動語態。 |

| 關係代名詞 | 在對一個詞語補充說明的時候會擔任連接後續語句的角色。關係代名詞可分為主格、受格及所有格。 |

| 關係副詞 | 在對一個詞語補充說明的時候會擔任連接後續語句的角色。依照前面出現的單字(先行詞)來決定要用哪種關係副詞。 |

「地點」→ **where** 「時間」→ **when**
「理由」→ **why** 「方法」→ **how**

各種句子

肯定句

表示「～是～」肯定的句子。「肯定句」與「否定句」都是「直述句」的一種。

He is a doctor. （他是醫生）
I play tennis. （我打網球）

否定句

表示「～不～」否定的句子。

He isn't a doctor. （他不是醫生）
I don't play tennis. （我不打網球）

一般問句

表示「～是～嗎？」疑問的句子，句尾會加上問號。

Is he a doctor? （他是醫生嗎？）
Do you play tennis? （你打網球嗎？）

疑問詞疑問句

這種問句會使用疑問詞來代替想詢問的內容，疑問詞有 who、when、where、what、why、how、which、whose。疑問詞會放在句首。

Where do you live? （你住在哪裡？）
Who is the leader? （誰是隊長？）
How old is this castle? （這座城堡多久了？）

祈使句

把原形動詞放在句首，用來表達命令、請求、指示等意義的句子。否定時會在動詞前加上 Don't。

Call me later. （晚點打給我）
Don't call me anymore. （不要再打給我）

感嘆句

強調情感時使用的句子，有兩種型態。

How well you play golf! （你高爾夫球打得真好！）
What a good golf player you are!
（你真是個高爾夫球好手！）

為初學者準備的
20 個英文寫作公式

這裡把初學者在學習寫作時必須了解的技巧給統整成了 20 個公式。在理解公式後，就快點練習寫英文短句，並試著做做看「重組」及「造句」的練習吧！

英文句子的架構

句型架構是「主詞＋動詞」，表達「誰做了～」或「什麼是～」

寫英文時，首先要思考的是「主詞」與「動詞」。這點中文和英文相同，句子的主題會是「誰做了～」或「什麼是～」，所以我們從「主詞＋動詞」開始寫起吧！

● 建立句子架構

I **love ～**（我愛～）　**The cat is ～**（那隻貓～）
主詞 動詞　　　　　　　　主詞　　動詞

仔細看就知道，上面的句子並不完整。第一個句子必須再加上「承受動作」的「受詞」，第二個句子則要加上表達「主詞狀態」的「補語」。

I **love her.**（我愛她）
主詞 動詞 受詞

The cat is cute.（那隻貓很可愛）
主詞　　動詞 補語

現在我們已經完成句子架構了，這兩句在英文裡都是完整的句子，且文法也都正確。

● 加上修飾語

不過，有時也會想對句子的內容做更多補充。在句子架構以外的要素皆被稱為「修飾語」，雖然修飾語有許多類型，但都只要把它們直接加進結構完整的句子裡就可以了。

I **love her very much.**（我非常愛她）
主詞 動詞 受詞　 修飾語

The cat on the roof is cute.（屋頂上的那隻貓很可愛）
主詞　　 修飾語　　 動詞 補語

◎ 英文句子的基本寫法

媽媽喜歡 烹飪。

① 首先寫出「媽媽喜歡～」這部分。
② 加入擔任受詞的「烹飪」。

▼

Mom	**likes**	**cooking**
主詞	動詞	受詞

.

他是 一個工程師。

① 首先寫出「他是～」這部分。
② 加入補語的內容「一個工程師」。

▼

He	**is**	**an engineer**
主詞	動詞	補語

.

◎ 關於五大句型

　　雖然這本書沒有直接介紹五大句型，不過這五個句型在寫作時常常會用到！

（第1句型）主詞＋動詞
（第2句型）主詞＋動詞＋補語
（第3句型）主詞＋動詞＋受詞
（第4句型）主詞＋動詞＋受詞1＋受詞2
（第5句型）主詞＋動詞＋受詞＋補語

　　大部分句子用的都是 1、2、3 句型，句型 4、5 則會在使用特定動詞時套用。

She gave me a present. （她送我禮物）

主詞　　動詞　受詞1　　受詞2　　　【第4句型】

You make me happy. （你讓我很開心）

主詞　　動詞　受詞　補語　　　【第5句型】

STEP 1 ▶ 用重組來寫出句子吧！

請將下面出現的單字重新組合成一個完整的句子。

1. 我有一台平板電腦。

   tablet   have   a   I .

2. Steve 是我的同事。

   coworker   is   my   Steve .

3. 她是個優秀的會計師。

   accountant   an   she   excellent   is .

STEP 2 ▶ 造個句子吧！

接下來，試著寫出一個英文句子。句中的重要單字都有提示。

4. 我公司在中國製造衣服。

   提示　「衣服」→ clothes

5. 我在下午遛狗。

   提示　「遛」狗 → walk

【答案・解說】

STEP 1 ▶ 用重組來寫出句子吧！

1. I have a tablet.

解說　首先是「主詞＋動詞」的 I have ~（我有～），但這樣句子還不完整，還需要為 have 加上受詞，而 tablet 是單數，所以要加上冠詞 a。

2. Steve is my coworker.

解說　第一步先找出「主詞＋動詞」的 Steve is ~（Steve 是～），再來加上「是～」後面的內容 coworker（同事）。由於要表達的是「我的同事」，所以在 coworker 的前面加上 my。

3. She is an excellent accountant.

解說　這裡的「主詞＋動詞」是 She is ~（她是～），在後面要加上「是～」的內容 accountant（會計師）。因為要表達的是「優秀的會計師」，所以將 excellent 放在 accountant 的前面，並在此之前加上冠詞 an。

STEP 2 ▶ 造個句子吧！

4. My company makes clothes in China.

解說　第一步先處理「主詞＋動詞」的部分，也就是 My company makes ~（我公司製造～），接下來在動詞的後面加上受詞 clothes，並在句子的最後加上補充資訊的修飾語 in China（在中國）。

5. I walk my dog in the afternoon.

解說　第一步先寫出「主詞＋動詞」的 I walk ~（我遛～），再加上表示「遛～」的對象的受詞 dog。一般來說遛的會是「自己的（也就是「我的」）狗」，所以要在 dog 之前加上 my，而做為修飾語的 in the afternoon（在下午）則放在句尾。

公式 2　不及物動詞・及物動詞

可單獨使用的是「不及物動詞」，需要受詞的是「及物動詞」

　　在公式 1 中介紹了決定「句子架構」的主詞與動詞。主詞比較簡單，就是名詞或代名詞；動詞則可分為兩類，如果搞不清楚它們的用法，就無法寫出正確的英文句子。

> 不及物動詞：單獨使用／後面接受詞時，要先用介系詞連接
> 及物動詞：後面必須接受詞／直接接受詞

　　例如 jog（慢跑）就是不及物動詞，所以能像 I jog.（我跑步）這樣單獨使用。另外，表達「前往」的單字 go 也是不及物動詞，不過，go 通常會被用來表示「去哪裡」，這個時候就要使用介系詞 to 來連接受詞，像是 I go to work.（我去上班）這個句子。

　　另一方面，love（愛）是及物動詞，所以 ✕ I love. 這句子一定要在 love 的後面加上受詞才行，就像 I love you. 這樣，love 可以直接接受詞。

● 常用的不及物動詞

go（前往）	**come**（過來）	**sleep**（睡覺）
sit（坐）	**fly**（飛）	**travel**（旅遊）

● 常用的及物動詞

see（看）	**get**（得到）	**give**（給）
take（拿）	**love**（愛）	**play**（玩）

　　有很多動詞同時有不及物和及物的用法，但其中有些單字的意思會因用法不同而發生轉變。例如 walk 做為不及物動詞時，意思是「走路」，但做為及物動詞時，則是「遛～（狗等）」的意思；run 做為不及物動詞時，意思是「跑步」，做為及物動詞時，則是「經營」的意思。

英文裡的動詞多如繁星，因此想要把全部的不及物動詞和及物動詞分清楚，難度相當高。所以在感到困惑時就查查字典吧！無論是哪本字典都會明確標示出不及物和及物的用法，此外，可以順便參考不及物動詞在例句中的介系詞搭配，也是相當不錯的。

另外，在英文裡不及物動詞是 Intransitive Verbs，及物動詞則是 Transitive Verbs，因此有些字典也會以這兩個單字的開頭 I 及 T 來標示。

◎ 不及物動詞的句子寫法

我每天慢跑。

① 「慢跑」是不及物動詞中的 jog。
② 因為是不及物動詞，所以後面不需要接受詞。

▼

我搭火車去工作。

① 動詞「去」的後面接了「工作」這個受詞。
② 不及物動詞的後面要接受詞的話，必須先接介系詞再接受詞，這裡用的介系詞是 to。

▼

◎ 及物動詞的句子寫法

她愛她的小貓。

① 「愛」是及物動詞 love。
② 及物動詞後面直接接受詞。

▼

STEP 1 ▶ 用重組來寫出句子吧！

請將下面出現的單字重新組合成一個完整的句子。

1. 我通常一天睡七個小時。

seven　day　usually　a　sleep　hours　I　.

2. 我星期天會和我朋友去打網球。

tennis　my　Sunday　I　friends　play　with　on　.

3. 你可以從這裡看見富士山。

Mt. Fuji　see　you　here　from　can　.

STEP 2 ▶ 造個句子吧！

接下來，試著寫出一個英文句子。句中的重要單字都有提示。

4. 你可以在這裡攔到計程車。

提示　「攔」→ catch

5. 我這個夏天會去西班牙旅行。

提示　「旅行」→ travel

【答案·解說】

STEP 1 ▶ 用重組來寫出句子吧！

1. I usually sleep seven hours a day.

（解說）sleep（睡覺）是不及物動詞，後面不用接受詞。「通常」是 usually，「一天七個小時」的英文語序是「七個小時 → 一天」，可用 seven hours a day 來簡單呈現。

2. I play tennis with my friends on Sunday.

（解說）play（打（球等））是及物動詞，後面直接接身為受詞的 tennis。「和朋友」是 with friends，在「星期天」之前的介系詞是 on，所以會寫成 on Sunday 放在句尾。

3. You can see Mt. Fuji from here.

（解說）see（看）是及物動詞，所以後面可以直接接受詞 Mt. Fuji。「看得見」→「可以看見」所以可以寫成 can see，句子主詞則是 you。到目前組好的句子是 you can see Mt. Fuji，只要再把表達「從這裡」的 from here 放在句尾即可。

STEP 2 ▶ 造個句子吧！

4. You can catch a taxi here.

（解說）catch（攔到）是及物動詞，後面可以直接接受詞。不過因為用來當作受詞的 taxi 並未特別指定是哪一輛計程車，所以在 taxi 的前面需要加上不定冠詞 a，寫成 catch a taxi。而「你可以～」則是 you can，最後再將表達「這裡」的副詞 here 單獨放在句尾，這個句子便完成了。

5. I'll travel to Spain this summer.

（解說）travel（旅行）這個字是不及物動詞，因此在接受詞 Spain 時，必須用到介系詞 to。另外，從「今年夏天」這個時間點可以看出這句話指的是「未來」發生的事，因此這句話要使用未來式 will，而以 I'll 開頭。最後再將表達「這個夏天」的 this summer 放在句尾，這個句子便大功告成了。

公式 ③ be 動詞

be 動詞用來連接前後，扮演「等於」的角色

● be 動詞的角色

be 動詞會被用來連接要素 A（主詞）與要素 B（補語等），在句子裡相當於「等於」的角色。換句話說，**當句子裡要素 A 和 B 之間的關係是 A＝B 時，就會使用 be 動詞。**

I'm a teacher. 我是老師。

I = teacher

這個例句中「我＝老師」的關係成立，雖然 B 在這裡是名詞，但其他詞性的詞彙也適用於這個規則。

I'm hungry. 我很餓。

I = hungry

I'm from Japan. 我來自日本。

I = from Japan

I'm hungry. 中的 hungry 雖然是形容詞，不過「我＝很餓」的等式是成立的，而下一句的 I'm from Japan. 也是一樣，「我＝來自日本」的等式成立。就像這樣，做為要素 B 的補語也可以是由許多單字組合而成的片語。

在文法書中雖然將 be 動詞歸類為不及物動詞，但在寫作時，只要記得 be 動詞就是「等於的動詞」，在使用上就會方便許多。

● become 與 get

與 be 動詞有類似功能的動詞還有 become 與 get。兩者皆有「變成～」的意思。

She became a pianist. 她成為了鋼琴家。

She = pianist

She got angry. 她生氣了。

She = angry

become 與 get 在這裡是「變成～」的意思，雖然帶有時間流逝的語意，但基本上可視為相等的關係，也就是「她＝鋼琴家」及「她＝生氣」。

◎ be 動詞的句子寫法

我 34 歲。

① 首先思考「我＝34 歲」這個等式。
② be 動詞須配合主詞。

▼

I	am	34 years old
主詞	be 動詞	補語

.

＊ I = 34 years old 的關係成立。

◎ be 動詞的變化

be 動詞會依據主詞、時態而發生變化，請參考一覽表。

主詞	現在	過去	過去分詞
I	am	was	been
he, she, it, 單數名詞	is	was	been
you, we, they, 複數名詞	are	were	been

STEP 1 ▶ 用重組來寫出句子吧！

請將下面出現的單字重新組合成一個完整的句子。

1. 東京是日本的首都。

   capital is the Japan Tokyo of .

2. 我不是來自京都。

   not Kyoto am I from .

3. 你的姐姐是推理作家嗎？

   writer a sister is mystery your ?

STEP 2 ▶ 造個句子吧！

接下來，試著寫出一個英文句子。句中的重要單字都有提示。

4. 他終於成為律師了。

   提示　「終於」→ finally　「律師」→ lawyer

5. 我妹妹和我都是英文老師。

   提示　「A 與 B 都是」→ both A and B

【答案・解說】

STEP 1 ▶ 用重組來寫出句子吧！

1. Tokyo is the capital of Japan.

(解説) 「Tokyo = capital」兩者之間以 be 動詞連接。「日本的首都」寫成 capital of Japan，且因為日本的首都是一個特定地點，所以在 capital 的前面要加上定冠詞 the。

2. I am not from Kyoto.

(解説) 由於「不是」，所以「I ≠ from Kyoto」的關係成立。be 動詞是 am，直接加上 not 便可表達否定。

3. Is your sister a mystery writer?

(解説) 這句是詢問「sister = mystery writer 嗎？」的疑問句。由於是疑問句，所以 be 動詞 is 必須要放在句首，而且因為 mystery writer 是可數的不特定名詞，所以要在前面加上 a。

STEP 2 ▶ 造個句子吧！

4. He finally became a lawyer.

(解説) 這裡用 become 來表達「成為～」，因為是已經發生的事情，所以要用過去式 became。與 be 動詞相同，這裡「He = a lawyer」的關係也成立。finally 是副詞，被放在動詞之前。

5. Both my sister and I are English teachers.

(解説) 使用 both A and B 來表達「我妹妹和我」，寫成 both my sister and I。由於兩個人都是英文老師，所以兩者之間的關係是「Both my sister and I = English teachers」。這裡只要把等號換成 be 動詞，句子便大功告成。因為這邊的主詞是複數，所以 be 動詞要用 are。

表達「存在」

「有」有「There is ~」和「have」這 2 種表達方式

● There is 的使用方式

　　如「有城堡」、「有很多人」等等，用來表達人與物存在的存在句句型是＜There is ~＞。這個表達方式在日常會話中經常會用到，在英文寫作上也經常有機會用到，因此務必要徹底學會並靈活運用。

> **There is [are]＋主詞**
> 主詞存在／有～

　　首先，這個句型的特徵是實質的主詞會放在 be 動詞之後，而句子本身是倒裝的結構。

　　此外，be 動詞會配合主詞使用單數或複數的形態。

There is a castle on the mountain.

在山上有座城堡。

There are a lot of people in the park.

公園裡有很多人。

　　這裡的 There 本身沒有什麼特別的意思，就像是存在句的標誌（也可以說是特徵）。只要將＜There is ~＞視為存在句的句型就可以了。

　　也許會有人想說 there 不是「那裡」的意思嗎？不過，＜There is ~＞句型裡的 there 並非「那裡」的意思，如果要表達「那裡」的話，就需要在句子裡額外再加上 there。

There is a kitten there.

那裡有隻小貓。

● have 的使用方式

　　用來表示存在的還有 have 這個用法，這種用法在英文中很常見，而且在使用上也很方便。讓我們來好好了解吧！

> 主詞＋have
>
> 主詞擁有～

My town has a famous temple.

我們鎮上有座有名的寺廟。

　　have 有「擁有」的意思，在這裡是將「鎮上有寺廟」的概念轉換成「城鎮擁有寺廟」。不過，不是所有 There is 句型的句子都能轉換成使用 have 的句子，只有在強調「擁有」的情形時，才能在兩者之間轉換，也因為如此，可以使用 have 的範圍相對較小。

◎ There is 句子的寫法

這張桌子下有一隻小狗。

① 句子裡的「有」表示這是表達存在的句子。
② 主詞是單數的 a puppy，所以要用 There is。

▼

There is	**a puppy**	**under the table**
表示存在	主詞	修飾語

.

◎ have 句子的寫法

我們飯店有一個游泳池。

① 可以想成「飯店擁有一個游泳池」。
② 使用 have 來表示存在。

▼

Our hotel	**has**	**a swimming pool**
主詞	have 動詞	受詞

.

STEP 1 ▶ 用重組來寫出句子吧！

請將下面出現的單字重新組合成一個完整的句子。

1. 在鎌倉有很多寺廟。

   Kamakura　are　in　temples　there　many　.

2. 在那棵樹上有一隻漂亮的鳥。

   bird　there　is　in　tree　beautiful　a　that　.

3. 我的個人電腦有點問題。

   is　PC　something　my　wrong　there　with　.

STEP 2 ▶ 造個句子吧！

接下來，試著寫出一個英文句子。句中的重要單字都有提示。

4. 今年有 16 個國定假日。

   提示　「國定假日」→ public holiday

5. 你們有摺疊傘嗎？。

   提示　「摺疊傘」→ folding umbrella

【答案・解說】

STEP 1 ▶ 用重組來寫出句子吧！

1. There are many temples in Kamakura.

(解說) 主詞「很多寺廟」是 many temples。存在的「有」用 There are 來表達。最後再加上表示「在鎌倉」的 in Kamakura 就完成了。

2. There is a beautiful bird in that tree.

(解說) 主詞「一隻漂亮的鳥」是 a beautiful bird，「有」以 There is 來表達，「在那棵樹上」可想成「在那棵樹裡面」所以會寫成 in that tree。

3. There is something wrong with my PC.

(解說) 主詞「有點問題」用英文寫的話是 something wrong，something、someone 的特色是形容詞會放在它們的後面。「有」是 There is。最後在再加上表示「我的個人電腦」的 with my PC。

STEP 2 ▶ 造個句子吧！

4. There are 16 public holidays this year.

(解說) 「主詞」是「16 個國定假日」，寫成 16 public holidays。因為主詞是複數，所以表示存在的「有」會寫成 There are。表示「今年」的 this year 則會放在句尾。

5. Do you have a folding umbrella?

(解說) 這是在店裡用來詢問店員店內是否有某件商品的句子。在這個句子中「你們 → you」是主詞，所以要配合主詞使用 have 來問。因為是疑問句，所以要用 Do you 開頭並連接 have，表示「摺疊傘」的 a folding umbrella 放在句子的最後。

現在式・現在進行式

生活習慣用「現在式」，動作的進行用「現在進行式」

　　在寫英文時，有時會對現在式與現在進行式的使用時機感到有些疑惑。

　　例如「我在 A 公司上班」和「我在為他織毛衣」這兩個句子，在中文裡都用「我在～」表達，所以無法從字面來判斷要使用現在式還是現在進行式。

● **生活習慣・事實 → 現在式**

　　為了區分清楚，我們必須徹底了解句子的內容。「我在 A 公司上班」指的是長時間持續「工作」的狀態，因此可以判斷這個句子要表達的是生活習慣，所以要選擇用「現在式」。

I work for A company.

我在 A 公司工作。

　　現在式也被用在表達事實或真理上。

The sun rises at six now.

太陽現在六點升起。

● **進行中的行為或動作 → 現在進行式**

　　另一方面，「我在為他織毛衣」這句話的內容，通常指的都是一次性的行為（織毛衣的這個行為）。因為這件事不是生活習慣，而且行為及動作正持續進行中，所以要用「現在進行式」來寫。

現在進行式的型態為＜be 動詞＋動詞 -ing＞

I'm knitting a sweater for him.

我在為他織毛衣。

　　而另一種分辨方法就是利用中文裡表示動作現正進行中的「正在～中」來判斷，以後面這個句子為例，可以把句子改成「我正在為他織毛衣中」。另一方面，「我在 A 公司工作」這個句子，如果改成「我正在A 公司工作中」，那麼這個句子就完全變成另一個意思了，所以可以判斷這個句子不能使用現在進行式來表達。

◎ 現在式句子的寫法

我每天早上都去散步。

① 「每天早上都去散步」是生活習慣。
② 因為是生活習慣，所以選用「現在式」來寫。

I	take a walk	every morning
主詞	動詞＋受詞	修飾語

＊在描寫生活習慣的句子中，always、usually、every day 等表示反覆意義的詞彙經常會一起出現。

◎ 現在進行式的句子寫法

現在我在準備晚餐。

① 眼下正在進行「準備晚餐的行為」。
② 這句也可寫成「正在準備晚餐中」，因此要使用「現在進行式」。

Now	I	'm preparing	dinner
修飾語	主詞	be 動詞 + 動詞 -ing	受詞

STEP 1 ▶ 用重組來寫出句子吧！

請將下面出現的單字重新組合成一個完整的句子。

1. 我通常一天看兩小時的電視。

   TV   two   a   I   watch   day   hours   usually   .

2. 爸爸現在正在洗車。

   is   Dad   car   his   now   washing   .

3. 奧運每四年舉行一次。

   four   take   Olympics   the   place   years   every   .

STEP 2 ▶ 造個句子吧！

接下來，試著寫出一個英文句子。句中的重要單字都有提示。

4. 我一週騎腳踏車上班一次。

   提示   「一次」→ once   「騎腳踏車」→ by bike

5. 我現在正在做他的生日蛋糕。

   提示   「生日蛋糕」→ birthday cake

【答案·解說】

STEP 1 ▶ 用重組來寫出句子吧！

1. I usually watch TV two hours a day.

解說 這裡的「看」是「生活習慣」所以會用現在式。「動詞＋受詞」是 watch TV，「通常」的英文則是 usually，因為這裡要修飾的是 watch，所以會放在 watch 的前面。「一天兩小時」的中文和英文的語序相反，寫作 two hours a day。

2. Dad is now washing his car.

解說 「正在洗」也可說成「正在清洗中」，因此這裡要用現在進行式 is washing。主詞是 Dad，受詞是 his car。最後，這裡 now 要修飾的是 washing，所以會放在它的前面，不過也可以放在句首或句尾。

3. The Olympics take place every four years.

解說 「奧運每四年舉行一次」這是一個「事實」，所以也會使用現在式。「舉行」是 take place，因為 Olympics 是複數，所以 take 不需要加上第三人稱單數的 s。要表示「每～」的時候會使用 every，「每四年一次」則寫成 every four years。

STEP 2 ▶ 造個句子吧！

4. I go to work once a week by bike.

解說 這個句子的內容是「通勤方式」，也就是一種「生活習慣」，所以這句要用現在式來寫，「上班」寫成 go to work，「一週一次」的中英文語序相反，寫作 once a week，表達通勤方法是「騎腳踏車」的 by bike 則放在最後。

5. I'm now making his birthday cake.

解說 「正在做」是現正進行中的行為，所以要使用現在進行式。「我正在做～」會寫成 I'm making，接著連接表示「他的生日蛋糕」的 his birthday cake。表示「現在」的 now 就像第二題所說明的那樣，可放在 making 之前，但也可放在句首或句尾的位置上。

過去式 · 現在完成式

已結束的過去用「過去式」，
對現在會造成影響的過去用「現在完成式」

　　在用英文寫作時，到底該選擇使用過去式還是現在完成式，這個問題總是令人困擾。

　　最簡單的判斷方法就是，陳述已結束的過去事實就用「過去式」，而雖然是過去發生的事，但仍然對於現在造成影響，或是動作或狀態持續至今而尚未結束，則使用「現在完成式」。

　　「過去式」中要使用過去式動詞，「現在完成式」的句型則是＜have＋過去分詞＞。

　　我們來看例句吧。

I graduated from the college.

我從那個學院畢業了。

▶ 在過去時間點畢業的單純事實　　過去式

I've married for 20 years.

我已經結婚 20 年了。

▶ 結婚的狀態從過去一直持續到現在　　現在完成式·持續

I've been to London twice.

我曾去過倫敦兩次。

▶ 過去的經驗是現在所擁有的東西　　現在完成式·經驗

I've just received your e-mail.

我剛剛已經收到你的電子郵件了。

▶ 最近的過去對現在造成影響　　現在完成式·完成

過去式與現在完成式還有以下差異，把它們都好好記住的話，對寫作會相當有幫助。

- 若使用**表示過去的詞彙**（last week、at 7 o' clock 等），則選擇過去式。
- 若使用**表示起點**（since ~）或**期間**（for ~）**的詞彙**，則選擇現在完成式（持續）。
- 若使用**表示頻率的詞彙**（once、twice 等），則選擇現在完成式（經驗）。
- 若使用**表示最近的過去的詞彙**（just、now、already 等），則選擇現在完成式（完成）。

◎ **過去式句子的寫法**

我昨天和老朋友見面了。

① 「見面了」是過去的事實。
② 過去的事實以「過去式」來表達。

▼

I	**met**	**my old friend**	**yesterday**
主詞	動詞過去式	受詞	修飾語

＊在使用過去式時，經常會和這句一樣，使用如 yesterday 等表示過去時間點的詞彙。

◎ **現在完成式句子的寫法**

我們在這邊已經住了十年。

① 「住」的這個狀態一直持續到現在。
② 過去持續對現在造成影響，因此使用「現在完成式」。
③ 現在完成式的句型是＜have＋過去分詞＞。

▼

We	**have lived**	**here**	**for ten years**
主詞	have＋過去分詞	修飾語	修飾語

＊表達持續的現在完成式，經常會用到如 for ten years 等表示持續時間的詞彙。

STEP 1 ▶ 用重組來寫出句子吧！

請將下面出現的單字重新組合成一個完整的句子。

1. 我上週看了那部電影。

   week I movie the watched last .

2. 我已經在這家公司工作 15 年了。

   years this I've for for worked company 15 .

3. 你有去過北海道嗎？。

   been Hokkaido you to have ?

STEP 2 ▶ 造個句子吧！

接下來，試著寫出一個英文句子。句中的重要單字都有提示。

4. 我已經拿到最新的 iPhone 了。

   提示　「最新的」→ latest

5. 我從來沒去過英國。

   提示　用 never（從來沒有）來表示否定。

【答案・解說】

STEP 1 ▶ 用重組來寫出句子吧！

1. I watched the movie last week.

(解說) 句子中有「上週」這個代表過去的詞彙，因此使用過去式。主詞是 I，動詞是 watched，之後連接受詞 the movie，最後再將表示「上週」的 last week 放在句尾，這個句子就完成了。

2. I've worked for this company for 15 years.

(解說) 「已經工作 15 年了」有「工作到現在已經 15 年了」的意思，因此使用現在完成式（持續）。I've 是 I have 的縮寫，在這之後接過去分詞 worked。「在這家公司」寫成 for this company，並放在 worked 之後，最後將表示「15 年」的 for 15 years 加在句尾。

3. Have you been to Hokkaido?

(解說) 因為「有～過嗎？」是用來詢問經驗的疑問句，所以這裡要用現在完成式（經驗）。現在完成式的疑問句會以 have 開頭，表示經驗的「去」寫作 been，完整句型是 Have you been ~ ?，最後把目的地 to Hokkaido 填進去，句子就完成了。

STEP 2 ▶ 造個句子吧！

4. I've already got the latest iPhone.

(解說) 句中出現「已經」，表示句子內容是最近的過去，所以要選擇使用現在完成式（完成），「拿到」寫成 have got，這邊利用縮寫 I've 來表達。表示「已經」的 already 會放在 got 之前。「最新的」iPhone 要利用 latest 來表達，因為是最高級形容詞，所以前面要加上定冠詞 the，寫成 the latest iPhone。

5. I've never been to Britain.

(解說) 「從來沒去過～」這種句子是現在完成式（經驗）的否定句。表達「去過～」的寫法是 I've been to ~，再把目的地 Britain 加上去，會寫成 I've been to Britain.。本句使用 never 來表示否定，並將否定詞 never 放置在 been 之前。

公式 ⑦ 未來式

有「will 動詞」、「be going to 動詞」、「現在進行式」這 3 種選擇

● will 與 be going to 的使用方式

在描述未來的事情時,需要使用表示未來的助動詞,一般會在動詞之前使用 will 或 be going to 來表達,且經常會用縮寫 I'll ~ 或 I'm going to ~。

I'll leave for Paris tomorrow.

will 的縮寫

I'm going to leave for Paris tomorrow.

am going to 的縮寫

我明天會前往巴黎。

在某些情境之中,will 和 be going to 可以相互替換,不過,這兩者所表達的語氣略有不同。will 被用在表達主詞的「意志」,be going to 則用來表示「計畫」。在語氣十分清楚時,應該要清楚區分這兩者的差異,並按照情境來選擇使用,但若無法清楚區分語氣,則要選擇使用哪一個都可以。

> will:主詞的意志/單純的未來
> be going to:事先決定的計畫/看現況就能預測的未來

● 現在進行式的使用方式

還有另一種表示未來的方法,就是「現在進行式」。

I'm leaving here at six.

be 動詞+動詞 -ing=現在進行式

我六點會離開這裡。

現在進行式表示的是「即將發生的未來計畫」。

表示未來時須注意，在表示時間的子句（以 when、after、as soon as 等引導的子句）之中，即使內容是未來發生的事情也會使用現在式。

I'll talk with her when she comes.

她來的時候，我會跟她談談。　　使用現在式。✕ 寫成 will come 是錯的！

◎**未來式句子的寫法**

我會很快回去。

① 表達的是意志明確的未來，因此使用 will。
② 經常把 will 改成縮寫 'll。

▼

I（主詞）｜'ll（will）｜be（動詞）｜back（修飾語）｜soon（修飾語）．

我的公司將會搬到大阪。

① 表達的是公司的計畫，因此選擇使用 be going to。
② 主詞 My company 是單數，因此 be 動詞是 is。

▼

My company（主詞）｜is going to（be going to）｜move（動詞）｜to Osaka（介系詞＋受詞）．

我 6 點時要和她在這裡見面。

① 表達的是即將發生的未來計畫，因此使用現在進行式。
② 通常句子之中會出現 at 6 等詞彙，用來表示計畫即將發生的未來時間點。

▼

I（主詞）｜'m meeting（現在進行式）｜her（受詞）｜here（修飾語）｜at 6（修飾語）．

STEP 1 ▶ 用重組來寫出句子吧！

請將下面出現的單字重新組合成一個完整的句子。

1. 我今天下午會去你的辦公室。

   afternoon   office   to   your   come   this   I'll   .

2. 我打算明年去留學。

   going   year   next   to   study   I'm   abroad   .

3. 我們今晚要舉行 Kate 的歡送派對。

   evening   having   party   Kate's   this   farewell   we're   .

STEP 2 ▶ 造個句子吧！

接下來，試著寫出一個英文句子。句中的重要單字都有提示。

4. 那個包裹今天會送到。

   提示　「包裹」→ package　「送到」→ arrive

5. 今年我要看超過 100 部電影！

   提示　「看」→ watch

【答案・解說】

STEP 1 ▶ 用重組來寫出句子吧！

1. I'll come to your office this afternoon.

(解說) 因為描述的是「今天下午」的事，所以使用未來式。已經有 I'll 了，之後依序以動詞的 come、介系詞的 to、目的地的 your office 來組合，並將表示「今天下午」的 this afternoon 放置在句尾。

2. I'm going to study abroad next year.

(解說) 「打算」所表達的是具計畫性的未來，因此選擇使用 be going to。在 I'm 後依序連接 going to 及表示「留學」的 study abroad。最後再加上表示「明年」的 next year，句子便完成了。

3. We're having Kate's farewell party this evening.

(解說) 因為句子所說的是「即將發生的計畫」，因此不是使用 will 及 be going to 所能表達的內容。這邊選擇使用現在進行式 having，以 We're having 開頭，連接表示「Kate 的歡送會」的 Kate's farewell party，表示「今晚」的 this evening 擺在句子的最後。

STEP 2 ▶ 造個句子吧！

4. The package is going to arrive today.

(解說) 「包裹送到」這件事是按照計畫所發生的未來事件，因此使用 be going to。這裡的 package 是特定的物品，所以要加上定冠詞 the。用英文表達「送到」，可以寫成 arrive，不過也能寫成包裹「被送達」的 be delivered，最後在句尾加上表示「今天」的 today，句子便完成了。另外，這個句子也可以用 will 來寫。

5. This year I'll watch more than 100 movies!

(解說) 「要看電影」表達的是強烈的意志，所以會使用 will 來表達。「看電影」是 watch movies，「超過 100 部」是 more than 100，會放在 movies 的前面。表示「今年」的 this year 可以放在句尾，不過在解答例句中，則是為了增添強調語氣而把它放在句首。

公式 8 疑問詞疑問句

使用「疑問詞」，便能提出各式各樣的疑問

在利用電子郵件或傳統信件與人交流時，會遇到許多需要提問的情形。因此在詢問具體事項上，能夠靈活運用疑問詞是相當重要的。基本上疑問詞是 5W1H。

5W → When（何時）、**Where**（何地）、**Who**（何人）、**What**（何事）、**Why**（為何） **1H → How**（如何）
其他還有 **Whose**（誰的）及 **Which**（哪個）。

使用疑問詞的疑問句句型是固定的。

● 疑問句的寫法
　＜疑問詞＋助動詞＋主詞＋原形動詞 ~?＞
　＊若是以 What、Who 為主詞，則語序和一般直述句相同。

When will you come to my office?
你什麼時候會來我辦公室？

Who is in charge of this project?
誰負責這項企畫？

Why did you cancel your trip?
為什麼你取消了旅行？

How have you been recently?
你最近過得如何？

使用＜疑問詞＋名詞或副詞＞

What time would be convenient for you?
你什麼時間方便？

How often do you travel abroad?
你多常去國外旅遊？

● 疑問詞疑問句的回答方式

　　當對方以疑問詞疑問句提出疑問時，只要將與疑問詞相對應的單字組合起來回答就行了。

What is your favorite music?
你最喜歡的音樂是什麼？

　　→ My favorite music is classical, especially Morzart.

　　我最喜歡的音樂是古典樂，特別是莫札特。

◎ 疑問詞疑問句的寫法

你來自德國的哪裡？

① 想詢問的是「地點」，因此使用詢問地點的疑問詞 where。
② 疑問詞放在句首，後方接疑問句句型。

▼

Where	are	you	from	in Germany	
疑問詞	be 動詞	主詞	介系詞	修飾語	?

◎ 回答的寫法

我來自慕尼黑。

① 被詢問的是「地點」，因此回答具體的地點。
② 基本會用與疑問句相似的句型（這邊是 be from）來回答。

▼

I'm	from Munich	
主詞＋動詞	介系詞＋地點	.

STEP 1 ▶ 用重組來寫出句子吧！

請將下面出現的單字重新組合成一個完整的句子。

1. 你什麼時候會抵達成田？

time　Narita　arrive　what　you　will　at　?

2. 誰會主持這場會議？

will　meeting　chair　the　who　?

3. 你比較喜歡哪個？咖啡還是紅茶？

or　tea　like　do　coffee　you　which　better　,　?

STEP 2 ▶ 造個句子吧！

接下來，試著寫出一個英文句子。句中的重要單字都有提示。

4. 你曾來過日本幾次？

提示　「幾次」詢問的是經驗，所以要用現在完成式來寫。

5. 你會如何度過聖誕假期？

提示　「聖誕假期」→ Christmas holiday

【答案‧解說】

STEP 1 ▶ 用重組來寫出句子吧！

1. What time will you arrive at Narita?

(解說) 這句詢問的是「時間」，因此將 What time 放在句首，且因為是未來疑問句，所以後面連接 will you arrive。arrive 為不及物動詞，所以在連接受詞 Narita 之前必須先加上 at。

2. Who will chair the meeting?

(解說) 因為問的是「誰」，所以用疑問詞 who 做為主詞來重組句子。因為詢問的是未來的事情，所以語序是 will chair，最後再加上做為受詞的 the meeting，句子便完成了。

3. Which do you like better, coffee or tea?

(解說) 首先先寫「你比較喜歡哪個」的問句。詢問「哪個」的時候會以 which 開頭，「喜歡」的疑問句句型則是 do you like，而因為要表達「比較喜歡」的句意，所以加上了 better。最後是供選擇的物件 coffee 和 tea，因為是二擇一的選項，所以用介系詞 or 來連接。為了在 Which do you like better 及 coffee or tea 之間留個喘息的空間，所以會使用逗號來區隔。

STEP 2 ▶ 造個句子吧！

4. How many times have you come to Japan?

(解說) 利用 how 來詢問「幾次」，英文寫成 how many times，times 是「次數」的意思。詢問「是否來過？」的疑問句要用現在完成式來寫，寫成 have you come。最後連接「來日本」的 to Japan 便完成了。

5. How will you spend your Christmas holiday?

(解說) 詢問「如何」時，最關鍵的就是要用 how 來開頭。因為「會如何度過」詢問的是未來要發生的事，因此會用 will you spend 來表示。spend 的受詞是表示「聖誕假期」的 Christmas holiday，而這段假期是「你的」休假，所以要在前面加上 your。

公式 9 被動語態

「被動語態」除了能表示「被～」之外，
也可用在「情感表達」上

● **被動語態的基本概念**

首先，我們先來複習被動語態吧！**被動語態的基本句型是＜主詞＋ be 動詞＋過去分詞（＋by 行為的主體）＞**。

I was stopped by policeman. 〔被動語態〕

主詞　be 動詞＋過去分詞　　行為的主體

我被警察攔了下來。

A policeman stopped me. 〔主動語態〕

警察攔住了我。

主詞與行為的主體之間是「被～」的關係。

即使描寫的是相同情境，語氣也會因為選擇使用的是主動語態或被動語態，而產生細微的差異。在句子裡，「主詞」一直都是主角，因此若將「警察」視為主角，那麼就要使用主動語態；但若把「我」當成主角，則會選擇使用被動語態。

● **表達情感的動詞被動語態**

經常會使用被動語態呈現的還有「情感表達」。常用來表達情感的動詞有以下幾個。

surprise（使驚訝） **please**（使開心） **satisfy**（使滿足）

disappoint（使失望） **excite**（使興奮）

interest（使有興趣） **concern**（使擔心）

　　看中文字義便能發現，這些單字全都有「使／讓～」的意思。也就是說，如果在被動語態中使用這些字，那麼它們就會變成主動語態的意思。

The news pleased her. 主動語態

這個消息使她開心。

She was pleased to hear the news. 被動語態

她很開心聽到這個消息。

　　像這樣用來表達情感的動詞，除了前面提及的那些之外還有很多，而且在英文寫作時會經常用到。好好把使用方法記下來吧！

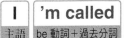

◎ **被動語態的句子寫法**

我被朋友們叫做 Jun。

① 「被～」是被動語態。
② 「行為的主體」用 by~ 來表示。

▼

I	**'m called**	**Jun**	**by my friends**
主語	be 動詞＋過去分詞	補語	行為主體

.

我對我的新工作感到興奮。

① 「感到興奮」用 excite（使興奮）的被動語態來表達。
② 引導「興奮所針對的對象」的介系詞是 about。

▼

I	**'m excited**	**about my new job**
主詞	be 動詞＋過去分詞	感情所針對的對象

.

＊也可以把表達情感的被動語態動詞視為形容詞，有些字典會將這種形態的單字視為形容詞。

試著寫寫看！

STEP 1 ▶ 用重組來寫出句子吧！

請將下面出現的單字重新組合成一個完整的句子。

1. 我被邀請去他的婚禮。
   invited marriage his I'm to ceremony .

2. 這座山頂被雪覆蓋。
   snow covered the with is mountaintop .

3. 我晉升為經理了。
   promoted I to was manager .

STEP 2 ▶ 造個句子吧！

接下來，試著寫出一個英文句子。句中的重要單字都有提示。

4. 我對股票投資有興趣。
   提示　「股票投資」→ stock investment 「有興趣」→ interest

5. 我們對公司的未來感到擔心。
   提示　「擔心」→ concern

【答案‧解說】

STEP 1 ▶ 用重組來寫出句子吧!

1. I'm invited to his marriage ceremony.

(解說) 「被邀請」是被動語態,所以要使用 invite(邀請)的過去分詞,寫成 I'm invited。被邀請去參加的是「他的婚禮(his marriage ceremony)」,並以 to 來連接兩者。

2. The mountaintop is covered with snow.

(解說) 「被覆蓋」會使用 cover(覆蓋)的過去分詞,並以被動語態句型 is covered 來表達。主詞為「山頂」寫作 the mountaintop,「雪(snow)」的部分則會以 with 來連接。

3. I was promoted to manager.

(解說) 「晉升」在中文裡是主動語態的詞彙,但英文中的 promote 有「使晉升」的意思,be promoted 才代表「晉升」。因為這裡是過去式,所以會寫成 I was promoted 來表示「我晉升了」。晉升後的職位則為 manager(經理),這邊用 to 來連接。

STEP 2 ▶ 造個句子吧!

4. I'm interested in stock investment.

(解說) 「有興趣」的英文是 interest,用被動語態 be interested 來表示「對~有興趣」。「我對~有興趣」為 I'm interested,後面並使用 in 來引導出感興趣的對象。最後,把 in stock investment 接在後面,句子便完成了。

5. We're concerned about our company's future.

(解說) 「擔心」的英文是 concern,要讓意思變成「擔心的」,就要使用被動語態 be concerned。主詞是「我們」,英文寫成 We're concerned 並使用介系詞 about 來引導擔心的對象。「公司的未來」是 company's future,且這裡的公司是「我們的」公司所以會寫成 our company's future。

公式 10　主詞 It 的用法

主詞 It 用在「天氣」、「時間」及
「虛主詞」的句子裡

● 引導出天氣或時間

在寫信或與人交談時，天氣一直都是必聊的話題。尤其，台灣的氣候相當多變，春天有櫻花、秋天有紅葉，能夠討論的主題相當明確。如果在寫天氣時也把每個季節的風景一併寫進去的話，看的人也會感到格外開心。

在描寫天氣時，以 It 開頭的句子相當重要。後面在接形容詞時，需要把 be 動詞當作中間的橋梁，而動詞則可以直接與 It 相連接。

＜It＋be 動詞＋天氣的形容詞＞
It is windy.　風很大。

＜It＋天氣的動詞＞
It will rain.　會下雨。

表達時間也一樣是以 It 開頭。

It is already 6 o'clock.　已經 6 點鐘了。

另外，這些句子中的 It 其實沒有特別的意義，主要是用來引導後面出現的與天氣或時間有關的詞彙。

● 虛主詞 It 的使用方式

另一方面，做為主詞的 It 也能用來代替接在後面的內容。在這種情形之下，會由虛主詞 It 來引導後面出現的 to 不定詞或 that 子句。

＜It is 形容詞＋to 動詞 ~＞
It is easy to say so.　要說這種話很容易。
It = to say so = easy

＜It is 形容詞＋that 子句 ～＞

It is understandable that she got angry.

她會生氣是能夠理解的。

It = that she got angry = understandable

　　像這樣的 It 句，通常會在原本做為主詞的內容（也就是 to 不定詞及 that 子句）較長的時候使用，這樣就可以避免句子因為主詞太長而顯得頭重腳輕。

◎ **表達天氣的 It 句寫法**

今天下午會下雨。

① 表達天氣的句子以 It 為主詞。

② 可用動詞或形容詞來表達。

▼

It 主詞	**will rain** will＋動詞	**this afternoon** 修飾語

◎ **虛主詞的 It 句寫法**

要在明天之前完成是不可能的。

① 主詞「要在明天之前完成」這部分過長，所以利用虛主詞 It 來代替主詞。

② 這裡是 It = to finish ～ 的關係。

▼

It 主詞	**is impossible** be 動詞＋形容詞	**to finish it by tomorrow** to 不定詞

＊這裡是利用虛主詞 it 來代替後面出現的 to 不定詞或 that 子句做為主詞，此外，在上面這個句子中，如果要加上執行 finish 這個動作的主詞，則要在 to 不定詞之前加上＜for 名詞（若是代名詞則要使用受格代名詞）＞。

It is impossible for us to finish it by tomorrow.

對我們來說，要在明天之前完成是不可能的。

STEP 1 ▶ 用重組來寫出句子吧！

請將下面出現的單字重新組合成一個完整的句子。

1. 現在再五分鐘六點了。

   is to now it six five .

2. 今晚也許會下雪。

   snow tonight it might .

3. 寫歌不容易。

   isn't songs to it make easy .

STEP 2 ▶ 造個句子吧！

接下來，試著寫出一個英文句子。句中的重要單字都有提示。

4. 天黑的時間提早了。

   提示　「天黑的時間提早」→ 可思考成「天色變暗得比之前更早了」

5. Ken 愛著 Yuki 的這件事很明顯。（Ken 明顯愛著 Yuki。）

   提示　「明顯的」→ evident

【答案‧解說】

STEP 1 ▶ 用重組來寫出句子吧！

1. It is five to six now.

(解說) 表達「時間」的句子會以 it 開頭，後面接的是 be 動詞 is。「再～分鐘～點」的英文說法是「分鐘 to 時刻」，所以這裡會寫成 five to six，而 now 則放在句尾。

2. It might snow tonight.

(解說) 表達「天氣」的句子會以 it 開頭。動詞為 snow（下雪），題目所提供的詞彙中，可以表示「也許、可能」的是 might，所以把它放在動詞之前，最後將「tonight（今晚）」放在句尾。

3. It isn't easy to make songs.

(解說) 題目所提供的詞彙中有 it，因此可知是要用虛主詞 it 來寫「～不容易」的部分，可以寫成 It isn't easy to ～，之後再連接表示「寫歌」的 make songs。

STEP 2 ▶ 造個句子吧！

4. It's getting darker earlier.

(解說) 句子以 it 開頭，來表達廣義的「天氣」。「天黑」是由表示「變」的 get 及「暗」的比較級 darker 組合而成。因為「天色變暗」是進行中的動作，所以要用現在進行式，寫成 it's getting darker。另外，再加上表示「提早（比之前早）」的 earlier，來表達「天色變暗得比之前更早了」的意思。

5. It is evident that Ken loves Yuki.

(解說) 按照提示，句子中會有 evident（明顯的）這個形容詞，因此可以使用虛主詞的 it 句來寫。首先，寫出表示「～明顯」的 It is evident，再來是「Ken 愛著 Yuki」會寫成 Ken loves Yuki，再把這個完整的句子放在 that 之後成為 that 子句，也就是虛主詞 It 所代表的內容。

公式 11 助動詞

把「助動詞」放在動詞前方，以傳達寫作者的意圖

　　正如其字面所述，助動詞就是「幫助動詞」的詞彙，這些詞彙會被放在動詞的前面，用來傳達寫作者的意圖。能否熟練運用助動詞，在英文寫作中非常重要。在寫作時，只要能活用在國中學過的基本助動詞就已十分足夠。至於助動詞擺放的位置，在肯定句及否定句中會放在動詞之前，疑問句中則會放在主詞的前面。

● 現在式的助動詞

can	能力	能夠～；可能性 可能～
may	推測	說不定～；可能 可能會發生～
shall	意志	要做～
must	義務	必須做～；推測 一定是～

She <u>may</u> decline my proposal.（她可能會否決我的提案）
　　　推測

<u>Shall</u> I come to your office?（要我過去你的辦公室嗎？）
　意志

● 過去式助動詞

　　過去式助動詞不僅帶有假設意味，還能讓句子的語氣變得委婉。

It <u>couldn't</u> be better.（不能再更好了＝最棒）
　　假設

<u>Would</u> you like more coffee?（您想要再來一些咖啡嗎？）
　委婉

● 由兩個以上的字組合而成的助動詞

有些助動詞是由兩個或三個字所組成的。來複習那些經常使用的助動詞吧！

We have to hire ten people.（我們必須聘請十個人）
依據情況而強制

We don't have to hire ten people.（我們不必聘請十個人）
不必要

You had better apologize to her.（你最好跟她道歉）
強烈建議

I used to play baseball on weekends.（我以前常在週末打棒球）
過去經常做的行為

I was able to pass the entrance exam.（我通過了入學考試）
（過去）能夠

◎ **助動詞的句子寫法**

我能夠在這週以內完成這幅畫。

① 使用助動詞 can 來表示「能夠」。
② 助動詞的位置在動詞之前，必須使用原形動詞。

▼

I	can	finish	the painting	within this week
主詞	助動詞	動詞	受詞	修飾語

可以請您取消我的預約嗎？

① 表達「可以請～」的句子中會使用表示委婉及請求的助動詞 could。
② 疑問句中的助動詞會放在主詞之前。

▼

Could	you	cancel	my reservation
助動詞	主詞	動詞	受詞

?

STEP 1 ▶ 用重組來寫出句子吧！

請將下面出現的單字重新組合成一個完整的句子。

1. 我明天必須六點起床。

   up tomorrow get I six at have to .

2. 要我送你到車站嗎？

   I station the take shall to you ?

3. 她一定是被卡在路上。

   traffic she be in must caught .

STEP 2 ▶ 造個句子吧！

接下來，試著寫出一個英文句子。句中的重要單字都有提示。

4. 我以前在巴黎常常上戲院。

   提示 「上戲院」→ go to theaters

5. 我得到在知名英國銀行的工作了。

   提示 「得到～的工作」→ get a job in ~

【答案・解說】

STEP 1 ▶ 用重組來寫出句子吧！

1. I have to get up at six tomorrow.

(解說) 使用表示「依據情況而強制」的助動詞 have to 來表達「必須～」。「起床」是 get up。「明天六點」的英文語序為「六點明天」，寫成 at six tomorrow。

2. Shall I take you to the station?

(解說) 題目的「要我做～嗎？」是透過疑問句來詢問對方對這件事的意向，因此會使用 Shall I ~? 這個句型。在題目提供的詞彙中選擇 take 來表達「送～（一程）」，寫成 take you（送你～）。「到車站」寫成 to the station。

3. She must be caught in traffic.

(解說) 用助動詞 must 表示「一定」，再利用 catch（抓住）的被動語態 be caught 表達「被卡在～」。表達「卡在路上（＝卡在車陣之中）」會使用 traffic（交通流量）這個字，而「在被卡在路上的情境之中」則用 in traffic 來表達。

STEP 2 ▶ 造個句子吧！

4. I used to go to theaters in Paris.

(解說) 「過去經常～」表示的是過去習慣做的行為，因此使用 used to，之後接「上戲院」的 go to theaters，最後，再加上表示「在巴黎」的 in Paris。

5. I was able to [could] get a job in a famous British bank.

(解說) 「得到～了」表達的是在過去時間點所能做到的事，因此這裡要使用 was able to 或 could，所以會寫成 I was able to 或 I could，在這之後連接表示「得到工作」的 get a job，最後再用 in 來連接表示工作地點「知名英國銀行」的 a famous British bank。

「不定詞」與「動名詞」
是動詞角色的擴張

● 不定詞的名詞用法與動名詞

　　不定詞的形態是<to＋原形動詞>，動名詞則為<動詞 -ing>，這兩種表達形態在進行英文寫作時非常好用，而且還能擴大表達的層次。只要了解活用的方法，在許多情境中都派得上用場。

　　首先，不管是不定詞還是動名詞，都能扮演名詞的角色。簡而言之，如果要讓動詞扮演主詞、受詞、補語等角色，那麼只要把動詞轉化成不定詞或動名詞的形態就可以了。

Sleeping well [To sleep well] is important for your health.　睡得好（的這件事）對你的健康來說是很重要的。

（動名詞・不定詞做為主詞）

I began working [to work] for the bank.
我開始在那間銀行工作了。　（動名詞・不定詞做為受詞）

My dream is to become a singer.
我的夢想是成為一個歌手。　（不定詞做為補語）

　　不過，不定詞與動名詞在語意上還是有些許不同。雖然在大多數使用情境下，兩者所要表達的意義相同，但以第三個例句來說，卻不能把句子寫成 ✕ My dream is becoming a singer.。這是因為不定詞和動名詞在語意上還是有著差異，不定詞表達的是未來性，動名詞呈現的則是現在或事實。

　　另外，上述例句中的動詞 begin，後面要接不定詞還是動名詞都可以，不過有些動詞只能在不定詞或動名詞之間兩者擇一，有的則是接不定詞或動名詞所傳達的語意不同。感到困惑時，就查字典確認吧！

● 不定詞的副詞用法與形容詞用法

在不定詞的用法之中，使用最頻繁的就是用來表達目的的副詞用法。這種不定詞的用法在以英文寫作時是必備的，所以要好好學習並熟練運用！

I'll go to Sydney to meet my friend.

我會去雪梨見我朋友。 用不定詞表達目的

不定詞還能夠做為形容詞，但在寫英文句子的時候，這種用法只能在特定情境下使用。

I need someone to help me.

我需要有人來幫我。 不定詞做為修飾 someone 的形容詞

◎ **不定詞句子的寫法**

我為了念經濟學而進了那間大學。

① 使用表示目的的不定詞來表達句中的「為了～」。
② 不定詞形態是＜to＋原形動詞＞

I entered the college	to study economics
主詞＋動詞＋受詞	不定詞的副詞用法「為了～」

◎ **動名詞句子的寫法**

勇於冒險是我們公司的座右銘。

① 使用將動詞名詞化的動名詞來表達「勇於冒險」。
② 動名詞的形態為＜動詞 -ing＞。

Venturing	is	our company's motto
主詞	動詞	補語

STEP 1 ▶ 用重組來寫出句子吧！

請將下面出現的單字重新組合成一個完整的句子。

1. 我兩個月前戒菸了。

   smoking I ago months quit two .

2. 她外出去見客戶了。

   out to client a she went meet .

3. 進步對我們而言是不可或缺的。

   essential us advancing is for .

STEP 2 ▶ 造個句子吧！

接下來，試著寫出一個英文句子。句中的重要單字都有提示。

4. 我今年的目標是通過律師資格考試。

   提示 「目標」→ objective 「律師資格考試」→ bar exam

5. 讓我們想出些讓她驚訝的東西吧。

   提示 「東西」→ something 「想出」→ think up

【答案・解說】

STEP 1 ▶ 用重組來寫出句子吧！

1. I quit smoking two months ago.

（解説）題目所提供的 smoking 是「抽菸」的動名詞。 quit 是「放棄」，而過去式的形態不變，所以 quit smoking 可用來表達「戒菸了」，最後再加上表示「兩個月前」的 two months ago 。

2. She went out to meet a client.

（解説）這裡的「去見客戶了」有「為了見客戶」的意思，因此可利用表達目的不定詞來寫，寫成 to meet a client，並把表示「她外出」的 She went out 放在這之前。

3. Advancing is essential for us.

（解説）動詞 advance 有「進步」的意思，因此使用動名詞來表示「進步這件事」。「不可或缺的」寫成 essential，而「進步是不可或缺的」整句是 Advancing is essential，最後再把表示「對我們而言」的 for us 加在句子的最後。

STEP 2 ▶ 造個句子吧！

4. My objective of this year is to pass the bar exam.

（解説）「今年的目標」中的「目標」是 objective，可寫成 objective of this year。主詞是「我今年的目標」，寫成 My objective of this year。這裡使用不定詞的名詞用法來表達「通過律師資格考試」，寫成 to pass the bar exam，最後再用 is 來連接前後兩部分。

5. Let's think up something to surprise her.

（解説）「讓我們～」的這種句子會以 Let's 開頭，所以「讓我們想出～」會寫成 Let's think up。這裡把 to 不定詞當成形容詞加在 something 之後做修飾，不定詞部分為 to surprise her，而 something to surprise her 就是「讓她驚訝的東西」。

公式 ⑬ 假設語氣

「可能發生的假設」、「假設語氣過去式」及「假設語氣過去完成式」的正確使用方法

　　在與人用英文對話或確認對方的想法時，表達「如果～就～」的假設語氣句型意外地常用。讓我們一起複習在寫句子時一定要會的句型變化吧。

● **現在或未來可能發生的假設**

　　<If 主詞＋現在式動詞, 主詞＋現在式助動詞＋~>

　　這個用法是最為常見的句型，用來假設現在或未來可能會發生的事，這個句型的重點在於 If 子句裡要用現在簡單式。

If you want to read this book, I'll lend it to you.

如果你想看這本書的話，我會把它借給你。

● **與現在事實相反的假設（假設語氣過去式）**

　　<If 主詞＋過去式動詞, 主詞＋過去式助動詞＋~>

If I had time, I could help you.

如果我有時間的話，我就能幫你了。

＊使用這種句型的話，就可間接傳達出「沒有辦法幫你，真不好意思」的感覺。

● **與過去事實相反的假設（假設語氣過去完成式）**

　　<If 主詞＋過去完成式, 主詞＋過去式助動詞＋have 過去分詞>

If I had had enough money, I could have bought that apartment.

如果我那個時候有足夠的錢，我就能買下那個公寓了。

＊使用這種句型可表達出「如果當時這麼做的話就好了」的後悔心情。

68

● 使用 wish 來表達「希望」或「願望」

　　在寫英文句子時，另一個經常會用到的就是表達希望或願望的句子，這種句子常會利用動詞 wish（希望）來表達。

・用在非事實的願望

I wish (that) I <u>were</u> a handsome actor like him.

我希望我是個像他一樣的英俊演員。

＊這裡用的是假設語氣過去式，所以 that 子句中的動詞是過去式，就算主詞是單數，be 動詞也要使用 were。

　　wish 也常被用來祈求某事能在未來發生。雖然不是假設語氣，但只要把這個用法記住，就很有機會能派上用場。

I <u>wish</u> you a happy Easter!

祝你復活節快樂！

> **◎ 假設語氣句子的寫法**
>
> ## <u>如果</u>你現在在東京<u>的話</u>，我可以和你見面。
>
> ① 句子中有「如果～的話」，因此使用假設語氣的 if 句。
> ② 句子內容是現在或未來可能發生的假設，因此 if 子句要用現在式。
>
> ▼
>
> | **If you are now in Tokyo** | **I can meet you** |
> |---|---|
> | If 主詞＋現在式動詞 | 主詞＋現在式助動詞～ |
>
> ，　.
>
> ## 如果我不用工作<u>的話</u>，我就能和你一起了。
>
> ① 這裡的「如果～的話」是假設語氣，使用 if。
> ② 實際上是「無法一起」，所以這句是與現在事實相反的假設，因此必須使用「假設語氣過去式」。
>
> ▼
>
> | **If I didn't have to work** | **I could join you** |
> |---|---|
> | If 主詞＋過去式動詞 | 主詞＋過去式助動詞～ |
>
> ，　.
>
> ＊在想要委婉拒絕他人時，假設語氣過去式相當好用。

STEP 1 ▶ 用重組來寫出句子吧！

請將下面出現的單字重新組合成一個完整的句子。

1. 如果你來大阪的話，我會帶你四處看看這座城市。

show city you you I'll come Osaka to around the if , .

2. 如果我是你的話，我不會那麼做。

do were I I you wouldn't if so , .

3. 祝你有個愉快的聖誕節！

cheerful a wish you I Christmas ！

STEP 2 ▶ 造個句子吧！

接下來，試著寫出一個英文句子。句中的重要單字都有提示。

4. 如果那台車再便宜一點，我就能買了。

提示 「再便宜一點」→ a little cheaper

5. 我當時應該事先買好票。

提示 「事先」→ in advance

【答案 · 解說】

STEP 1 ▶ 用重組來寫出句子吧！

1. If you come to Osaka, I'll show you around the city.

(解說) 「如果你來大阪的話」的「如果」要用假設語氣來寫，所以句子會用 If 開頭，寫成 If you come to Osaka,。「我會帶你四處看看這座城市」可以思考成「我會向你展示這座城市的各處」，因此後半部子句會以 I'll 開頭，並以 show you around the city 來表達。

2. If I were you, I wouldn't do so.

(解說) 「如果我是你的話」中有「如果」，所以會用假設語氣來呈現，在假設語氣過去式中，be 動詞一般用 were，因此會寫成 If I were you,。而「我不會那麼做」以主詞 I 開頭，「那麼做」則是 do so，並以 wouldn't 來表示否定。

3. I wish you a cheerful Christmas!

(解說) 「祝你～」是用來祝福別人的表達，會以 I wish 開頭。wish 有＜wish＋人＋事＞（為某人祈求某事）的用法，把這個用法代入這題，所以「人」＝you、「事」＝a cheerful Christmas，最後再加上驚嘆號來表示強調。

STEP 2 ▶ 造個句子吧！

4. If the car were a little cheaper, I could buy it.

(解說) 從上下文來看，實際情形是「沒有再便宜一點，所以買不起」，所以這裡要用與現在事實相反的假設語氣過去式。「如果那台車再便宜一點」以 If 開頭，寫成 If the car were a little cheaper,，「我就能買了」則使用過去式助動詞 could，寫成 I could buy it。

5. I should have bought the ticket in advance.

(解說) 「當時應該事先～」的句子內容表達出了後悔的語氣，因此會以假設語氣過去完成式來表達。「應該事先買好票」可以用助動詞 should 來表達「應該」，後面再接 have bought，購買的「票」則以 the ticket 表示，最後再加上表示「事先」的 in advance，句子就完成了。

公式 14　連接詞・連接副詞

用來連接上下文的「連接詞」與「連接副詞」

　　在寫較長的英文句子時，必須順暢連接各個子句。因此為了能邏輯清楚地連接子句，連接詞及連接副詞就登場了。大致上可分為＜A 句＝B 句＞（對等連接）的連接詞與連接副詞，以及＜A句 ＜ B句＞（從屬連接）的連接詞。

　　連接副詞與連接詞相較之下，連接能力較弱且無法單獨用來將兩個子句連接成一句。不過，在寫英文句子時不用太過在意這種文法差異。

● A句＝B句　兩句的重要性相同

I attended the party, but I couldn't meet her.

我參加了那場派對，但我沒能見到她。　〔表轉折的連接詞〕

I must work this weekend, so I can't join you.

我這週末必須工作，所以無法和你一起。　〔表因果的連接詞〕

● A句 ＜ B句　重點在於 B 句

Although it was rainy, we went on a picnic.

儘管那個時候下雨了，我們還是去野餐了。　〔表轉折的連接詞〕

After I finish the job, I'll e-mail you.

在我結束工作後，我會寄電子郵件給你。　〔表時間的連接詞〕

● 經常使用的連接詞・連接副詞

對等（A句＝B句）連接詞
and（和；然後；而且）**but**（但是）**or**（或）**so**（所以）
yet（不過）**however**（然而）**moreover**（除此之外）

從屬（A句＜B句）連接詞

although（儘管～） **while**（然而～；當～時）

because（因為～） **after/since**（自從～） **when**（當～時）

as soon as（一～就～） **as long as**（只要～）

◎ **使用對等連接詞的寫法**

我先去了維也納，**然後**移動到了布拉格。

① 以「然後」連接重要程度相同的前後兩句，表達「順序」。

② 選擇可以表達先後順序的對等連接詞 and。

I first went to Vienna	and	then moved to Prague
子句 1	對等連接詞	子句 2

◎ **使用從屬連接詞的寫法**

<u>自從</u>我們上一次見面到現在已經過了很久。

① 「已經過了很久」（主要子句）比「我們上一次見面」（從屬子句）來的重要。

② 使用表示起點「自從～」的從屬連接詞 since 來引導從屬子句。

▼

It has been a long time	since	we met last
主要子句	從屬連接詞	從屬子句

◎ **and 與 or 也可連接單字與單字**

and 與 or 不僅可連接子句，也可連接單字與單字及片語與片語。

you and I（你和我） **sink or swim**（成敗全憑自己）

當連接的對象有三個以上時，會寫成＜A, B and [or] C＞。

my wife, son and daughter（我的妻子、兒子及女兒）

STEP 1 ▶ 用重組來寫出句子吧！

請將下面出現的單字重新組合成一個完整的句子。

1. 我明天休假，所以無法出席那場會議。

meeting duty the I I'll can't be tomorrow off attend so , .

2. 雖然我很努力念書，但還是考壞了。

I I hard the failed studied exam but , .

3. 儘管今天非常炎熱，但我還是會去慢跑。

jogging I'll it hot although is very go today , .

STEP 2 ▶ 造個句子吧！

接下來，試著寫出一個英文句子。句中的重要單字都有提示。

4. 請你一聽到這則訊息就與我聯繫。

提示　「聯繫」→ contact

5. 快一點，否則我們會錯過我們的班機。

提示　「快一點」→ hurry up　「錯過」→ miss

【答案・解說】

STEP 1 ▶ 用重組來寫出句子吧！

1. I'll be off duty tomorrow, so I can't attend the meeting.

(解說) 句子中以「所以」來連接兩個子句，因此必須使用題目所提供的 so 來連接。前半段「我明天休假」的「休假」是 off duty，子句寫成 I'll be off duty tomorrow，後半段的「無法出席那場會議」是 I can't attend the meeting。

2. I studied hard, but I failed the exam.

(解說) 句子利用「雖然～，但還是～」的轉折語氣來連接兩個子句，因此要用 but 來連接。前半段「我很努力念書」寫作 I studied hard，後半段「考壞了」寫成 I failed the exam。

3. Although it is very hot today, I'll go jogging.

(解說) 句子利用了「儘管～，但～」的轉折語氣，因此使用表示轉折的 although。although 是從屬連接詞，之後接「今天非常炎熱」這個子句。使用 it 做為主詞來表達「今天非常炎熱」，寫成 it is very hot today。後半段「但我還是會去慢跑」寫作 I'll go jogging 。

STEP 2 ▶ 造個句子吧！

4. Please contact me as soon as you hear this message.

(解說) 這裡利用 as soon as 來表示「一～就～」。為了表達「一聽到這則訊息就～」這部分，會把 you hear this message 接在 as soon as 之後。另外，雖然這個句子傳達的是在未來發生的事，但即使表達的是未來，表達時間的副詞子句也會使用現在式。最後，「請與我聯繫」的英文是 Please contact me。

5. Hurry up, or we'll miss our flight.

(解說) 使用連接詞 or 來表達「否則～」。前半段「快一點」會用祈使句的 Hurry up 來表達，後半段「我們會錯過我們的班機」則用未來式，寫成 we'll miss our flight。另外，在要表達「錯過班機」的情境時，英文會使用 flight 而非 airplane。

公式 15 關係詞

被用來補充說明的 「關係代名詞」與「關係副詞」

　　想對單字或詞句做補充說明時，可利用關係詞。與中文不同，英文這種語言會在單字或詞句的後方加上許多說明內容，而關係詞的出現就是這種英文表達方式的典型特徵。

　　關係詞可分為「關係代名詞」與「關係副詞」。

● 關係代名詞的使用方式

　　關係代名詞正如其名，扮演著代名詞的角色連接前後詞彙。以下例句中，which 代表 castle，並利用 which 後方的內容對城堡補充說明。

　　關係代名詞的特徵是後面接的子句會缺少部分要素。在以下例句中，which 是受格關係代名詞，因此後面接的子句中會缺少 recommended 的受詞。

I visited the `castle` which you recommended.
代表 castle 的受格關係代名詞

我去了你推薦的那座城堡。

關係代名詞	主格	所有格	受格
人	who	whose	whom/who
物	which	whose/of which	which
人或物皆可	that	--	that

　　關係代名詞中有個特殊的 what，what 本身既是先行詞也是關係代名詞，有代表＜the things which ～＞的功能，表達「～的東西、～的事」的意思。主要做為受格使用，但也可當主格使用。

I understand what you `say`.
同時是先行詞及 say 的受詞

我理解你說的話。

● 關係副詞的使用方式

　　關係副詞扮演副詞的角色連接前後詞句。與關係代名詞不同，關係副詞後面連接的是完整子句。下面例子中，以 where 表示 city 這個地點，並針對在這個地點所發生的事情進行補充說明。

I visited the city where you were born.

表示 city 這地點的關係副詞

我造訪了你出生的城市。

關係副詞	先行詞	先行詞的例子
when	表示時間的詞句	day, year 等
where	表示地點的詞句	house, country 等
why	表示理由的詞句	reason 或無
how	無	―

◎ 關係代名詞句子的寫法

我非常喜歡那頂紅色帽子，你給我的那頂。
（我非常喜歡那頂你給我的紅色帽子）

　① 本句分成「我非常喜歡～」與「你給我的～」這兩個子句。
　② 「帽子」在前後句之間，這裡使用關係代名詞連接。
　③ 先行詞「帽子」為物品，因此關係代名詞使用 which。

▼

I love the red hat	which	you gave me
子句1	關係代名詞	子句2

.

◎ 關係副詞句子的寫法

請讓我知道 你會來日本的日期。

　① 本句可分成「請讓我知道～」與「你會來日本」這兩個子句。
　② 「日期」介在兩個子句之間，使用關係副詞來連接。
　③ 先行詞「日期」表示的是時間，因此使用關係副詞的 when。

▼

Let me know the date	when	you'll come to Japan
子句 1	關係副詞	子句 2

.

STEP 1 ▶ 用重組來寫出句子吧！

請將下面出現的單字重新組合成一個完整的句子。

1. 我附上了你需要的那份文件。

needed enclosed you document the I that .

2. 日本是我出生長大的國家。

country born was and where Japan the raised I is .

3. 我不懂你為何離開了公司。

why company understand you quit don't I the .

STEP 2 ▶ 造個句子吧！

接下來，試著寫出一個英文句子。句中的重要單字都有提示。

4. 那正是我想說的話。

提示 「正是」→ just

5. 沒人知道她是如何解決這個問題的。

提示 「問題」→ problem 「解決」→ solve

【答案‧解說】

STEP 1 ▶ 用重組來寫出句子吧!

1. I enclosed the document that you needed.

(解說) 在表達「你需要的那份文件」時,會用到題目提供的關係代名詞 that。the document 和 you needed 之間以 that 連接,寫成 the document that you needed,並在這句前面加上表達「我附上了」的 I enclosed。

2. Japan is the country where I was born and raised.

(解說) 這裡要使用關係副詞 where 來表達「我出生長大的國家」。用 where 連接 the country 和 I was born and raised,並將日本(Japan)放在最前面。

3. I don't understand why you quit the company.

(解說) 這裡利用表達理由的關係副詞 why 來寫「你為何離開了公司」。quit 的現在式及過去式的形態相同,因此直接保持原形動詞的樣子來表達「離開」,句子會寫成 why you quit the company,再在這之前加上表達「我不懂」的 I don't understand。這個句子裡原本有先行詞 the reason,但在這裡經常被省略。

STEP 2 ▶ 造個句子吧!

4. That is just what I wanted to say.

(解說) 使用關係代名詞 what 便能簡單寫出「我想說的話」。因為「what = things which」,所以它的前面不需要有先行詞,what I wanted to say 就是「我想說的話」。「那~是」是 That is,在它之後連接 what,而用來強調的「正是」是 just,會放在 what 之前。

5. Nobody knows how she solved the problem.

(解說) 「如何~」會用關係副詞 how 來表達。「她是如何解決這個問題的」寫成 how she solved the problem,在這之前再加上表達「沒人知道」的 Nobody knows,這個句子便大功告成。

公式 16 介系詞

依功能、情境及習慣用法 選擇「介系詞」

介系詞不僅數量繁多，有的還同時兼具多種功能，因此要一個一個記住是很辛苦的。就寫英文句子這點來說，只要把最基本的介系詞記住，其他不懂的部分再查字典就行了。

選擇介系詞的重點在於「情境」及「習慣用法」。

● **根據情境選擇介系詞**

根據後方連接詞彙的「情境」，選擇恰當的介系詞。

at（一個點的地點）	→	**at the bus stop**（在公車站牌）
in（廣闊的地點）	→	**in the museum**（在博物館裡）
on（接觸）	→	**on the wall**（在牆上）
by（期限）	→	**by this weekend**（在這週末前）
by（差距）	→	**by 5 %**（相差 5%）
until（持續直到終點）	→	**until midnight**（直到午夜）
during（期間）	→	**during my stay**（在我停留的期間）

● **根據習慣用法選擇介系詞**

依據介系詞位置前後出現的詞彙，選擇與其慣用搭配的介系詞。這種介系詞的習慣用法多不勝數，即使絞盡腦汁也沒辦法全部掌握，所以乾脆查字典來確認用法吧！

next to（在～隔壁）

My home is next to the museum.（我家在博物館隔壁）

＊next to 為習慣用法

agree with（贊同～）

I agree with you.（我贊同你的意見）

＊agree 為不及物動詞，後面接人時用 with，接意見時用 about 或 on。

be good at（擅長～）

I'm good at English.（我很擅長英文）

＊be good at 為習慣用法

be pleased with（對～感到開心／滿意）

I was pleased with the results.（我對這個結果很滿意）

＊pleased 的後面除了可接 with 外，也可連接 at 或 about。

◎ 介系詞句子的寫法

那幅畫掛在那面牆上。

① 「牆上」的「上」表達的是畫「接觸」到了牆壁。
② 表達「接觸」情境的介系詞是 on。

The painting is hanging	**on**	**the wall**
主詞＋動詞	介系詞	地點名詞

.

我不贊同你關於那件事的意見。

① 「關於那件事的意見」中的「那件事的意見」可以用 that 代稱，而「關於～」則用 about 或 on 來表達。
② 「我不贊同你」中的動詞 disagree 後面接的是人，因此介系詞使用 with。

I disagree	**with**	**you**	**about**	**that**
主詞＋動詞	介系詞	人	介系詞	意見

.

STEP 1 ▶ 用重組來寫出句子吧！

請將下面出現的單字重新組合成一個完整的句子。

1. 這家店開到晚上 10 點。

   open　shop　10 p.m.　this　is　until　.

2. 我正在這一區裡找公寓。

   for　in　area　I'm　apartment　looking　an　this　.

3. 今年的銷售額成長了 10 億日元。

   billion　year　1　yen　increased　this　by　sales　.

STEP 2 ▶ 造個句子吧！

接下來，試著寫出一個英文句子。句中的重要單字都有提示。

4. 我會在八公像的前面等。

   提示　「八公像」→ the Hachiko statue

5. 我們想坐在彼此旁邊。

   提示　「彼此」→ each other

【答案‧解說】

STEP 1 ▶ 用重組來寫出句子吧！

1. This shop is open until 10 p.m.

（解說）「到晚上 10 點」為止都一直開著，因此使用 until 寫成 until 10 p.m.。句子裡的「這家店開到～」寫成 This shop is open 並放在 until 之前。

2. I'm looking for an apartment in this area.

（解說）句子裡的「找」會使用 look 及與其習慣搭配的介系詞 for 來表達，因此「我在找公寓」會寫成 I'm looking for an apartment。可以利用 in 來表達在一定範圍的空間之內，因此「在這一區裡」寫成 in this area。

3. Sales increased by 1 billion yen this year.

（解說）今年銷售額「成長了 10 億日圓」，代表與去年銷售額之間的「差額」是 10 億日圓，所以要用表達「差距」的 by，寫成 by 1 billion yen。句中的「銷售額成長了～」寫成 Sales increased，而表示「今年」的 this year 則放在句尾。

STEP 2 ▶ 造個句子吧！

4. I'll be waiting in front of the Hachiko statue.

（解說）「在～的前面」的介系詞慣用表達是 in front of ~，但也可以用 before。「在八公像的前面」寫成 in front of the Hachiko statue。句子裡的「等」是即將在未來發生的事，因此寫成 I'll be waiting。

5. We'd like to sit next to each other.

（解說）「坐在彼此旁邊」的「旁邊」會用介系詞 next to 來表達。「坐」是 sit，「我們想坐」寫成 We'd like to sit。在電影院或機場的報到櫃台時，可以直接使用這個句子。

「請求」是 Could you ~？；
「提議或邀請」是 How about ~？

在寫電子郵件或信件時一定會用到的，就是能夠向對方表達自己想說的話、具有各種功能的表達方式。這些表達方式的句型都是固定的，因此在寫的時候只要使用這些固定句型就行了，在某種程度上來說可以算是非常簡單。

● 「請求」是 Could you ~？
在拜託對方時，就會使用「請求」的表達方式。最常用的就是能禮貌表達「請求」的 Could you ~？，不管請求的對象是朋友還是工作上的合作夥伴，都可以使用這個句型。

Could you send me the estimate?

可以請你寄報價給我嗎？

提出「請求」的句型變化

· 使用祈使句　　輕鬆～普通

· **would you mind if ~ ?**（如果～，你介意嗎？）　　禮貌

＊這裡的 mind 是「介意」的意思，在回覆請求時會使用如 Not at all.（完全不介意 → 樂意）這種否定形。

· **it would be grateful if you could ~ .**　　禮貌

（如果你能～的話就太感謝了）

答應或拒絕請求

Sure.（當然）**All right.**（好吧）

No problem.（沒問題）**With pleasure.**（很樂意）

I'm afraid I can't.（恐怕我不行）

I'm sorry, but I can't.（抱歉，但我不行）

● 「提議或邀請」是 How about ~？

　　在邀請對方時會用到「提議或邀請」的表達，How about ~? 則是最常用的表達方式。about 之後可接動名詞或子句。

How about talking [we talk] over coffee?

我們一邊喝咖啡一邊聊聊吧？

提出「提議或邀請」的句型變化

- **Let's ~**（讓我們～）　 輕鬆～普通
- **Why don't you ~ ?**（你何不～？）　 輕鬆～普通
- **Would you like ~ ?**（你想（做）～嗎？）　 禮貌

接受或拒絕「提議或邀請」

Sounds great.（聽起來很棒）　**I'd happy to.**（我很樂意）
I wish I could, but ~ .（我希望我可以，不過～）

◎「請求」的句子寫法

可以請你幫我買這場歌劇的門票嗎？

　① 句子中出現「可以請你～嗎？」，因此使用「請求」的句型。
　② 使用 Could you ~? 來禮貌詢問。

▼

Could you	buy	the ticket for the opera	for me	?
「請求」的句型	動詞	受詞	修飾語	

◎「提議或邀請」的句子寫法

今天下午要不要去淺草寺？

　① 句中出現「要不要～？」，因此使用「提議或邀請」的句型。
　② 詢問對方對提議或邀請的意見，使用 How about ~?。

▼

How about	visiting	the Sensoji temple	this afternoon	?
「提議或邀請」的句型	動名詞	受詞	修飾語	

STEP 1 ▶ 用重組來寫出句子吧！

請將下面出現的單字重新組合成一個完整的句子。

1. 打手機給我。

   me   mobile   my   phone   call   to   .

   _____

2. 明天去水族館如何？

   tomorrow   aquarium   going   about   to   how   the   ?

   _____

3. 抱歉，但我已經有約了。

   but   sorry   engagement   previous   I'm   I   a   have   ,   .

   _____

STEP 2 ▶ 造個句子吧！

接下來，試著寫出一個英文句子。句中的重要單字都有提示。

4. 如果我把這件夾克退回去，你介意嗎？

   提示　「退回」→ return

   _____

5. 你何不加入我們的歐洲之旅？。

   提示　「加入」→ join

   _____

【答案‧解說】

STEP 1 ▶ 用重組來寫出句子吧！

1. Call me to my mobile phone.

(解說) 「打給我」是對方自己決定要做的事，因此使用祈使句也不會失禮。因為句子的內容是「打手機給我」，因此用 Call me 開頭，而後面會接 to my mobile phone，表示打電話到「（我的）手機」。

2. How about going to the aquarium tomorrow?

(解說) 這裡使用「How about ~?（～如何？）」的句型來讓對方做決定，並在 How about 之後連接「去水族館」的 going to the aquarium，tomorrow 則加在最後。

3. I'm sorry, but I have a previous engagement.

(解說) 表達「抱歉，但我不行」的 I'm sorry, but ~ 是用來拒絕對方邀請時常用的表達，but 的後面會接拒絕的理由。「已經有約了」就是已經有「先前」的「約定」，寫成 previous engagement，並加上不定冠詞 a，這裡的「有」會用 I have 表達。

STEP 2 ▶ 造個句子吧！

4. Would you mind if I returned this jacket?

(解說) 「如果～，你介意嗎？」是語氣比較委婉的請求，使用 Would you mind if ~? 的句型來表達。if 後連接「我把這件夾克退回去」，因為這個句子使用的是假設語氣過去式，所以這裡會寫成 I returned this jacket。

5. Why don't you join us on our trip to Europe?

(解說) 這裡是要邀請對方，因此使用 why don't you ~? 的句型。「加入」是 join，join 的受詞一般都是「人」，這裡要加入的是「我們」，所以會寫成 join us，並在後面以介系詞 on 來連接表達「我們的歐洲之旅」的 our trip to Europe。

「感謝」是 Thank you for ～；
「道歉」是 I'm sorry for ～

● **感謝的表達**

在用來表示感謝的表達之中，Thank you ～ 是基本中的基本，語氣較輕鬆的表達方式則有經常使用的 Thanks，若想加強感謝的程度，就會再加上 very much 或 so much。要說明感謝的理由時，則會在後面加上 for 來引導理由。

Thank you very much for your kind invitation.

非常感謝你的誠摯邀請。

其他用來表示感謝的表達方式之中，一定要知道還有 appreciate，這個字是表示「感謝」的動詞，在商務及正式場合上經常會用到，在強調感謝的程度時可以加上 really、highly 及 fully 等副詞。

I really appreciate your cooperation,

我真的很感謝你的合作。

appreciate that ～ 的後面則是接子句。

在其他用來表示感謝的表達方面，還有使用形容詞 grateful（表示感謝的）的 I'm very grateful for your time.（我非常感謝你撥出時間來）等等。

● **道歉的表達**

最經典用來道歉的表達就是 I'm sorry ～，道歉的理由則會以 for 或 that 接著說明。I'm sorry 的可用範圍很廣，從瑣碎小事到嚴重大事皆可使用。要強調程度時，只要在 sorry 之前多加上 so、really、deeply、terribly 等副詞就可以了。

I'm deeply sorry for being absent from the meeting.

對於缺席此次會議，我深感抱歉。

其他用來表示歉意的常見表達方式，還有動詞的 apologize（道歉）及名詞的 apology（歉意），這兩個字強調了「道歉」的行為，並營造出了正式的感覺，因此經常會在官方文件上看到。

I apologize for being late.

我為遲到道歉。

Please accept our sincere apology for having caused you problems.

造成您的困擾，請接受我們的誠摯歉意。

 感謝的句子寫法

非常謝謝你給我這麼棒的禮物。

① 選擇表達強烈感謝的句型來表示「非常謝謝你」。
② 這是在私領域中會使用的句子，強調 Thank you ~。
③ 以 for 來引導「感謝的理由」

▼

Thank you very much	**for your great gift**
感謝的句型	感謝的理由

 道歉的句子寫法

造成不便，我非常抱歉。

① 句中出現「非常抱歉」，因此選擇表示真誠道歉的表達方式。
② 如果用 sorry 來表達，那就必須在 sorry 之前額外加上 terribly 等表示強調的副詞。
③ 以 for 來引導「道歉的理由」

▼

I	**'m terribly sorry**	**for the inconvenience**
主詞	道歉的句型	道歉的理由

STEP 1 ▶ 用重組來寫出句子吧！

請將下面出現的單字重新組合成一個完整的句子。

1. 謝謝你提醒我。

   you　reminding　for　thank　me　.

2. 非常感謝您向我們下訂。

   ordering　us　your　appreciate　we　from　really　.

3. 抱歉，我沒能接到你的電話。

   I　sorry　couldn't　I'm　call　answer　your　.

STEP 2 ▶ 造個句子吧！

接下來，試著寫出一個英文句子。句中的重要單字都有提示。

4. 非常感謝您的到來。

   提示　「到來」→ come here

5. 我為忘記約定道歉。

   提示　「約定」→ appointment　「忘記」→ forget

【答案・解說】

STEP 1 ▶ 用重組來寫出句子吧！

1. Thank you for reminding me.

(解說) 「謝謝你～」是 Thank you for ~，其後與表示「提醒我」的動名詞 reminding me 組合在一起。remind 是當人忘記時「使人想起；提醒」的意思，可用在許多不同情境之中。

2. We really appreciate your ordering from us.

(解說) 在題目所提供的詞彙中有「感謝」的動詞 appreciate，因此要使用這個字來表達。We really appreciate ~. 為表達感謝的禮貌說法。「感謝的理由」是「（您）向我們下訂」，可以寫成 your ordering from us。

3. I'm sorry I couldn't answer your call.

(解說) 這是用來道歉的句子，因此一開始先以 I'm sorry 開頭。「道歉的理由」是「沒能接到你的電話」寫作 I couldn't answer your call。I'm sorry 後應該要先接 that，不過經常會被省略。

STEP 2 ▶ 造個句子吧！

4. I really appreciate that you come here.

(解說) 這是在工作上禮貌表達感謝的句子，以 I really appreciate 來表達。「感謝的理由」是「您的到來」，這邊使用 that 來引導 you come here，也可改用動名詞的 your coming here 來表達。

5. I apologize for forgetting the appointment.

(解說) 這也是在工作場合上會用到的句子，「道歉」可使用 I apologize for ~ 或 I am deeply sorry for ~ 來表達。「道歉的理由」是「忘記約定」，寫成 forgetting the appointment 並接在 for 之後。

副詞

為片語及句子增添語氣及
情境資訊的「副詞」

　　想為句子加上各種語氣及時間、狀況等情境資訊時，副詞是不可或缺的。尤其在寫英文時，究竟要用哪個副詞或是副詞要放在哪裡，都會令人感到非常困擾。這邊我們先介紹基本的副詞及使用方式，而其他的必要副詞則都可以透過字典來學習。

● 副詞的類別

時間 → **today**（今天）**recently**（最近）**immediately**（立刻）

地點 → **here**（這裡）**somewhere**（某個地方）
　　　 downtown（市中心）

程度 → **very**（非常）**extremely**（極度）**slightly**（稍微）

變化 → **gradually**（逐漸地）**drastically**（劇烈地）

頻率 → **rarely**（很少）**sometime**（有時）**usually**（通常）
　　　 always（總是）

態度 → **really**（非常）**surely**（一定）**positively**（積極地）
　　　 actually（實際上）

感情 → **happily**（開心地）**regrettably**（遺憾地）

● 副詞的位置

　　副詞可以放的位置很多，如「句首」、「助動詞後、一般動詞前」、「形容詞或副詞前」、「動詞後」、「句尾」等等。副詞會按其類別來決定應該放置的位置。從一定要放在固定位置的副詞，到相對可自由選擇擺放位置的副詞都有。

I've <u>already</u> finished the assignment.（我已完成了那項工作）

already → 助動詞後、一般動詞前

Actually, I'm still single.（事實上，我還是單身）

Actually → 句首　　still → be 動詞後、形容詞或一般動詞前

I came here yesterday.（我昨天來這裡的）

here → 動詞後　yesterday → 句尾、句首皆可

He always speaks softly to his students.

always → 動詞前　　　softly → 動詞後　　（他對學生說話總是輕聲細語）

　　以上介紹的都是由單一詞彙構成的副詞，但英文裡也有像下面這種用複數詞彙構成的副詞。

last year（去年）　**now and then**（不時）　**in addition**（此外）

◎ 副詞的句子寫法

我通常不吃早餐。

① 「通常」為頻率副詞。
② 頻率副詞會放在動詞前。

▼

| **I** | **usually** | **skip** | **breakfast** | . |
| 主詞 | 副詞 | 動詞 | 受詞 | |

很遺憾地，我們無法達成您的期待。

① 「很遺憾地」是會對全句句意造成影響的副詞。
② 副詞本身是獨立於主要句子之外的部分，因此要放在句首。

▼

| **Regrettably** | , | **we can't meet your expectations** | . |
| 副詞 | | 主要句子 | |

STEP 1 ▶ 用重組來寫出句子吧！

請將下面出現的單字重新組合成一個完整的句子。

1. 我有時會在公園裡散步。

sometimes walk the in a take I park .

2. 天氣逐漸變暖和了。

gradually warmer it's getting .

3. 你住在市中心的哪裡？

downtown live you where do ?

STEP 2 ▶ 造個句子吧！

接下來，試著寫出一個英文句子。句中的重要單字都有提示。

4. 我正在積極考慮你的提議。

提示　「提議」→ offer 「考慮」→ think of

5. 事實上，我當時對她結婚感到非常驚訝。

提示　「對～感到驚訝」→ be surprised at

【答案・解說】

STEP 1 ▶ 用重組來寫出句子吧！

1. I sometimes take a walk in the park.

(解説) 「散步」寫成 take a walk，「在公園裡」是 in the park。主詞是 I，整句寫成 I take a walk in the park。而像 sometimes（有時）這種頻率副詞，必須放在動詞之前，因此要加在 take 的前面。

2. It's gradually getting warmer.

(解説) 描述「天氣」主題的句子會用 it 開頭。這邊使用 It is 的縮寫 It's，接著連接「變暖和了」的 getting warmer，而 gradually 可放在 getting 之前或是句尾。

3. Where do you live downtown?

(解説) 在寫「你住在哪裡？」的時候，會將疑問詞 where 放在句首，寫成 Where do you live?。副詞 downtown（市中心）放在動詞後面就可以了。

STEP 2 ▶ 造個句子吧！

4. I'm thinking positively of your offer.

(解説) 句中的「正在考慮」表示這個句子要用現在進行式來寫，寫成 be thinking of，在這之後會接表示「你的提議」的 your offer。句子主詞是 I，到此整句是 I'm thinking of your offer，副詞 positively（積極地）的最佳位置是在動詞之後。

5. Actually, I was really surprised at her marriage.

(解説) 「我當時對～感到驚訝」的表達方式是 I was surprised at ～，後面再接 her marriage 來表達「她結婚」。到此 I was surprised at her marriage. 便完成了。這裡的「非常（really）」指的是「驚訝」的程度，因此會直接放在 surprised 之前。「事實上」是出現在句首的部分，因此這裡將 Actually 放在句首，並以逗號分隔。

公式 20 冠詞

表示特定是「定冠詞」；
不特定則是「不定冠詞」

在閱讀、聆聽及口說時幾乎不會注意到冠詞的存在，不過到了寫作，冠詞卻是個很令人頭痛的東西。如果要深入研究冠詞，內容會跟一本書一樣多（實際上也真的有整本內容都與冠詞有關的書），但我們時間不多，所以這裡只會針對寫作時要如何應用的基本內容做介紹。

冠詞分為「不定冠詞」的 a、an 及「定冠詞」的 the。

● **不定冠詞 a、an 用在不特定的名詞上**

不定冠詞會與單數名詞配合使用。雖然這很簡單，但不是所有單數名詞都能夠與不定冠詞搭配使用。這是因為名詞又分成「可數名詞」（可計算）及「不可數名詞」（不可計算），能夠與不定冠詞 a、an 搭配的只有可屬名詞而已。

a car（一台車）　**an apple**（一顆蘋果）
a̶ furniture（家具）
＊furniture 是不可數名詞，不能加 a。

名詞中的可數與不可數，有許多是無法憑自己思考就能知道的，所以就用字典來確認到底是可數還是不可數吧！若是字典上標示 C（= countable）就是可數，若標示 U（= uncountable）則是不可數。一般而言，像 furniture 這樣的集合名詞，或像 water 那樣的物質名詞，都是不可數名詞。

不定冠詞的 an，則會在後面所接的名詞（或形容詞）的發音是母音的時候用到。請記得這裡是用發音來判斷的，而不是以拼字決定要用 a還是 an。

an hour（一個小時）　＊hour 的發音是 [aʊr]，以母音開頭。
a union（一個聯盟）　＊union 的發音是 [`junjən]，以子音開頭。

● 定冠詞 the 用於特定名詞

當句子裡用「那個」來表示特定事物時，英文就會用定冠詞 the 來表達，這部分就跟我們在學校裡學到的一樣簡單。不過，事實也並非這麼單純。即使句子中沒出現「那個」，但如果透過句子的情境可以自然判定那個名詞指的是特定人事物的話，也會使用定冠詞 the。

There is a cat on the table.

有一隻貓在桌上。

句子要表達的是「有一隻貓在桌上」，而這句話裡面的桌子指的是「有一隻貓的那張桌子」，所以這張桌子自然是「特定的桌子」，而非不特定的桌子。

We met at the café in the hotel.

我們在飯店裡的咖啡廳見了面。

這句話的情境是描述「我們見面的地點」，所以 café 或 hotel 指的都是特定地點，因此都要加上 the。

除此之外，也有可以自己選擇要用不定冠詞還是定冠詞的情形。

I stayed at a luxury hotel in Paris.

我當時住在一家在巴黎的高級飯店。

使用不定冠詞，表達的是「一家在巴黎的高級飯店」的意思。

I stayed at the luxury hotel in Paris.

我當時住在那家在巴黎的高級飯店。

使用定冠詞，語意就會有細微差異，變成「那家在巴黎的高級飯店」。

● 在寫作時必須意識到冠詞

我以前也曾為有中等英文程度的人確認過英文信件，大部分的人在冠詞使用上都會出錯。與其說出錯，不如說是沒意識到冠詞，且在寫的時候過於隨興。不過，若能稍加注意，即使是英文初學者也能學會如何正確使用冠詞。在接下來的寫作練習中，好好學會冠詞的用法吧！

STEP 1 ▶ 用重組來寫出句子吧！

請將下面出現的單字重新組合成一個完整的句子。

1. 這個水槽裡的水下不去。

sink   run   doesn't   the   water   in   .

2. 京都是日本以前的首都。

capital   Kyoto   former   Japan   is   the   of   .

3. 我在這個大廳裡等了一個小時。

an   the   waited   hour   for   lobby   I   in   .

STEP 2 ▶ 造個句子吧！

接下來，試著寫出一個英文句子。句中的重要單字都有提示。

4. 地球一年會繞行太陽一周。

提示　「繞行」→ go around

5. 我會搭十點左右的特快車。

提示　「特快車」→ express train 「～左右」→ around ~

【答案・解說】

STEP 1 ▶ 用重組來寫出句子吧！

1. Water doesn't run in the sink.

(解說)「水下不去」的「下去」會用 run 來表達，寫成 Water doesn't run。「水槽裡的」也就是「在水槽裡的」的意思，因此用 in。「水下不去的水槽」可視為特定物品，因此必須使用定冠詞 the，寫成 in the sink。

2. Kyoto is the former capital of Japan.

(解說)「日本以前的首都」是一個特定地點，因此要用定冠詞 the，寫成 the former capital of Japan。former 是「以前的」的意思。主詞及動詞是 Kyoto is 會放在 former 之前。

3. I waited in the lobby for an hour.

(解說)「我等了～」寫成 I waited，「在大廳」指的是特定的大廳，所以會寫成 in the lobby。出現在「一個小時」中的 hour，雖然在拼字上是以子音開頭，但在發音上卻是以母音 [aʊ] 開頭，所以要用不定冠詞 an。for an hour 會加在句子的最後面。

STEP 2 ▶ 造個句子吧！

4. The earth goes around the sun in a year.

(解說)因為（太陽系的）地球及太陽都是只有一個的特定物，所以兩者都要加上 the。「地球繞行太陽一周」寫作 The earth goes around the sun。「年（year）」的發音是 [jɪr]，以子音開頭，所以會寫成 a year 並用 in 來連接。

5. I'll take an express train around 10.

(解說)「特快車」就是「特快列車」，所以會寫成 express train。這個句子表達自己會搭乘「十點左右的不特定列車」，因此要用不定冠詞，而不定冠詞後連接的是母音開頭的 express，因此寫成 an express train。「我會搭」是 I'll take，「十點左右」會寫成 around 10。

享受「書寫」的樂趣

　　「基礎篇」中，利用了 20 個「英文寫作公式」來練習寫簡單的短句。接下來在「應用篇」中將會挑戰三句寫作練習。

　　進行寫作時，最重要的就是「在腦海中自行思考」。因各種原因而感到困惑並思考的這個過程，將會使你的英文寫作能力得以累積。在用英文寫作時，比起「效率」，「一邊思考一邊寫」才是更加重要的。

　　第一步先拿起筆，用自己的力量來寫英文吧！

　　解說會分成兩個步驟，清楚呈現構成英文句子的過程，這是要讓你親身體驗在寫英文時會進行的那種思考流程。

　　此外，沒有什麼訓練能像用英文寫作這樣，讓人能確實理解英文。希望大家能將時間用在享受思考及寫作的過程之中。

應用篇

思考並嘗試寫作吧！
三句寫作練習

擁有基礎能力後，接著來挑戰三句寫作練習吧！

只要能熟練運用前面學到的 20 個公式，要用英文寫什麼都不再可怕。

這裡提供了各式各樣豐富的內容，從訊息、電子郵件、日記、商務文書、商品評論到電影評論等的各式體裁，讓你可以親自動筆寫寫看。

收到禮物後表達感謝

❶ 真的很謝謝你給我這麼棒的禮物。

❷ 它是條非常別緻的喀什米爾圍巾。

❸ 我會從今天開始圍它。

試著寫寫看！

❶

❷

❸

單字・表達

「很棒的」：lovely   「別緻的」：chic

「喀什米爾」：cashmere   「圍巾」：scarf

解說

❶ 真的很謝謝你給我這麼棒的禮物。

 STEP 1

公式⑱ 感謝

這一句使用的是「真的很謝謝你～」表達感謝的句型。因此要**用表達感謝的句型 Thank you very much for ~**。

STEP 2

感謝的理由會寫在 for 之後。這裡的理由是「給我這麼棒的禮物」，由於句子內容明顯是因為自己收到了禮物，所以要表達感謝，因此在英文句子中不需要特別寫出「給我」。「很棒的」可用 lovely、nice、wonderful 等詞彙，這邊使用 lovely。「禮物」則可寫成 gift 或 present。

另外，雖然中文裡不會說「給我這麼棒的『你的』禮物」，但因為禮物是從「你」那裡拿到的，所以要加上 your。

解答

Thank you very much for your lovely present.

---

❷ 它是條非常別緻的喀什米爾圍巾。

STEP 1

句子要表達的重點是「它是條～圍巾」。句中的「它」指的是前一句提及的 present，寫的時候可利用代名詞 it 表達。

普通圍巾的英文是 scarf，muffler 則是指「非常厚實」的圍巾。

句子的主要架構是 It is a scarf.

 公式❶ 英文句子的架構

在句子的主要架構中加上修飾語。「非常別緻的」寫作 very chic，除了 chic 也可使用 elegant、dressy 等其他任何你想用的單字。

「喀什米爾」是 cashmere，雖然 cashmere 是名詞，但它可直接用來修飾服飾類的詞彙。把上面這些部分統整起來後，就可以寫出 very chic, cashmere scarf，再將這部分放到句子的主要架構之中，便大功告成了。

解答

It is a very chic, cashmere scarf!

---

❸ 我會從今天開始圍它。

STEP 1

在這一句裡做動作的是「我」，因此句子會以 I 開頭，而接受動作的受格則是 scarf 這個物體，「圍（穿戴）」的英文則是 wear。因為這個**句子表達的是未來要做某事的意志，所以要使用 will**。

公式❼ 未來式

這麼一來，主要的**句子架構 I'll wear it.** 便完成了。

公式❶ 英文句子的架構

STEP 2

這裡只要用 today 就可以表達「我會從今天開始」的「從今天開始」，不需要使用 from。

解答

I'll wear it today.

UNIT 2

  訊息

派對邀請

❶ 我們 3 月 20 日會在 Mari 家舉辦派對。

❷ Mari 和我會準備食物跟飲料。

❸ 人來就好。

試著寫寫看！

❶

❷

❸

單字・表達

「辦派對」：have a party　　「準備」：prepare

❶ 我們 3 月 20 日會在 Mari 家舉辦派對。

STEP 1

句子的主要架構是「我們會～舉辦派對」。「派對」用 party 就可以了，但表達「舉辦」意義的動詞，必須選擇能夠和 party 互相搭配的詞彙才行，因此有 have、hold 及 throw 可供選擇。**因為這件事是對於未來所做的計畫，因此會用 be going to**，寫成 We're going to have a party.，不過

公式❼ 未來式

在這個句子的情境之下，改用 will 也可以。

STEP 2

英文中「3 月 20 日在 Mari 家」的表達順序通常是先「地點」再「日期」。「Mari 家」寫成 at Mari's house，但 house 通常可以省略。而「3 月 20 日」則是 on March 20。

解答

We're going to have a party at Mari's on March 20.

❷ Mari 和我會準備食物跟飲料。

STEP 1

用英文寫「Mari 和我會準備食物跟飲料」時，主詞是 Mari and I，「準備」是 prepare。因為這個句子寫的是未來的事，且表現出了主詞的行動意志，因此要用 will 來寫，寫成 Mari and I will prepare ～.。

STEP 2

公式⑳ 冠詞

「食物跟飲料」的英文是 food and drink。**要注意的是，當 food 及 drink 做為食物及飲料的總稱時，是不可數名詞，因此前面不需要加不定冠詞 a，也不能視為複數。**

不過，如果指的是具體的飲料或料理類型時，則可做為可數名詞使用。

解答

Mari and I will prepare food and drink.

---

❸ 人來就好。

STEP 1

「人來就好」這句話有固定的英文說法。「人來就好」也就是「只要帶你自己過來就好」的意思，寫成 bring yourself。這句話在語意上帶有「請～」的意味，因此會使用祈使句來表達。

在句中加進 just 會為句子增添強調的語氣。

解答

Just bring yourself.

部落格

介紹家鄉

❶ 奈良市是我的家鄉。

❷ 它有幾座世界知名的寺廟。

❸ 公園裡有很多鹿,引來了觀光客。

試著寫寫看!

❶

❷

❸

單字‧表達

「家鄉」:hometown　「鹿」:deer
「觀光客」:tourist

解說

❶ 奈良市是我的家鄉。

STEP 1

公式❸ be 動詞

　　一起來思考句子的主要架構吧！這個句子中**「奈良」＝「我的家鄉」，兩者是相等的關係，所以會使用 be 動詞來表達**。

　　「奈良市」是 Nara City，「我的家鄉」是 my hometown。兩者之間以 be 動詞連接，因為主詞是第三人稱單數，所以 be 動詞要用 is。

解答

Nara city is my hometown.

❷ 它有幾座世界知名的寺廟。

STEP 1

　　句子的主要架構是「有幾座寺廟」。這裡的「有」表達的是「存在」的概念，使用 there is/are 或 have 都可以，**因為這裡可以想成「奈良擁有幾座寺廟」，因此會利用 have 來表達。** 公式❹ 表達「存在」

　　主詞是代表 Nara City 的 it，因為是第三人稱單數，所以動詞 have 要改成 has。表達「幾個」的 several 會加在 temples 之前。

STEP 2

　　「世界知名的」是用來修飾 temple 的句子構成要素，這裡剛好可以用 world-famous 來表達，此外，也可以用 globally-famous，做為修飾語的單字要放在 several 和 temples 之間。

> It has several world-famous temples.

❸ 公園裡有很多鹿，引來了觀光客。

STEP 1

先從句子的前半段「公園裡有很多鹿」開始寫起。這個句子裡也出現了「有」，所以會用到表示存在的表達，不過，若想成公園「擁有」許多鹿，那麼這個句子會變得有些奇怪，因此這邊應該要用 There is/are 的句型來表達。

「鹿（deer）」是單複數同形，因此即使指的是「很多鹿」也會寫成 a lot of deer。因為 a lot of deer 是複數，所以要用 There are 來表達。「公園裡」寫成 in the park。

整句到目前為止寫成 There are a lot of deer in the park.。

STEP 2

「引來了觀光客」指的是「鹿」引來了觀光客，所以主詞是 deer，這裡**利用關係代名詞來補充說明。因為 deer 不是人類，所以會選擇用主格關係代名詞中的 which。**

> 公式⓯ 關係詞

「觀光客」是 tourists，「引來了」會用動詞 attract（吸引）來表達，寫成 which attract tourists，再把這句與 Step 1 所寫好的部分連接起來。

> There are a lot of deer in the park which attract tourists

UNIT 4

郵件

小孩出生了！

❶ 我的姊姊剛生了小孩。

❷ 是個女孩子且非常有活力。

❸ 我就像有了自己的小孩一樣，非常開心。

試著寫寫看！

❶

❷

❸

單字・表達

「有活力的」：lively　「就像〜一樣」：as if

❶ 我的姊姊剛生了小孩。

STEP 1

　　這一句的主要架構是「姊姊生了小孩」，「生小孩」最簡單的表達方式可使用 have a baby 或 give birth，在句子裡加上 just 來強調，就會有「剛剛生了」的感覺。

解答

> My sister just had a baby.

❷ 是個女孩子且非常有活力。

STEP 1

　　雖然這個中文句子沒有把主詞寫出來，但透過前一個句子的內容，可以知道主詞是「小孩」。這邊會用 it 當主詞，若要用 it 來代表人的話，只能用在剛出生的小孩身上。

　　「女孩子」就是「女嬰兒」，寫成 girl baby，到這部分為止的句子是 it is a girl baby。

STEP 2

　　「非常有活力」以「so（非常）＋lively（有活力的）」來表達。

前半句和後半句之間會用能表達順序的連接詞 and 來相互連接。

解答

> It is a girl baby and so lively.

❸ 我就像有了自己的小孩一樣，非常開心。

STEP 1

　　這個句子最主要的句型架構是「我非常開心」，因此主詞當然是「我」，以 I 開頭。「開心」最簡單的說法就是 happy，非常適合用在這個情境上。表示「非常」的 very 則加在 happy 之前。

　　到此為止句子寫成 I'm very happy。

STEP 2

　　把「就像有了自己的小孩一樣」想成「就像我擁有自己的小孩一樣」，這樣會比較好寫。

　　「就像～一樣」的表達方式是 as if，而因為「我擁有自己的小孩」是一個與現在事實相反的假設，所以必須使用假設語氣過去式。也就是在 as if 後要用過去式動詞。 公式⑬ 假設語氣

　　利用 own（自己的）這形容詞來表達「自己的小孩」，寫成 my own baby。

　　最後將 as if I had my own baby 與前半段的 I'm very happy 直接連接起來。

解答

I'm very happy as if I had my own baby.

要點　「as if」的用法

　　在比喻的時候會使用 as if（就像～一樣）。比喻所説的通常都不會是事實，因此基本上都會利用假設語氣過去式來表達，也就是把 as if 子句中的動詞改成過去式。不過在口語使用上，在 as if 子句中用現在式動詞來表達的情形也很多。

He behaves as if he were [is] a child
他表現得就像他是個孩子一樣。

 郵件

介紹公司

❶ 我們公司生產汽車零件。

❷ 我們在日本有兩間工廠，在海外有五間。

❸ 我們把產品出貨給汽車製造大廠。

試著寫寫看！

❶

❷

❸

 單字・表達

「汽車零件」：car parts　「海外」：abroad
「出貨」：deliver　「製造廠」：manufacturer, maker

❶ 我們公司生產汽車零件。

STEP 1

　　第一步先思考「我們公司生產～」要怎麼寫。做為主詞的「我們公司」可以寫成 Our company。**「生產～」的動詞可使用 make 或 manufacture**，而且因為這裡描述的是一種習慣性的動作（生產是公司每日進行的習慣性活動），所以要用現在式來寫。　 公式❺ 現在式

　　Our company 是第三人稱單數，因此表達「生產」的 make 要加 s。

STEP 2

　　做為受詞的「汽車零件」的寫法，「汽車」是 car，「零件」是 part。在生產汽車零件時，一般會一次生產很多個，所以這裡要用複數，寫作 car parts。

解答

> *Our company makes car parts.*

❷ 我們在日本有兩間工廠，在海外有五間。

STEP 1　　公式❹ 表達「存在」

　　「有工廠」的「有」表達的是「存在」，也可以想成是「我們『擁有』工廠」，因此會用 **We have ～** 的句型來表達。

STEP 2

　　「工廠」是 factory，「在日本兩間工廠」寫成 two factories in

Japan，「海外的」是 abroad，「在海外五間」寫成 five factories abroad，不過因為 factories 在前面的「在日本兩間工廠」時已經出現過一次了，所以 five 後面的 factories 可以省略。

句子裡出現的兩種工廠會用 and 來連接。

解答

> We have two factories in Japan and five abroad.

---

❸ 我們把產品出貨給汽車製造大廠。

STEP 1

第一步先思考「把產品出貨給～」要怎麼寫。這裡只要仔細思考句子的內容，就會發現「我們把產品出貨給～」是句子的主要架構。

可使用 deliver 來表達「出貨」，「產品」是 product，通常交貨會一次提交許多商品，因此這邊也要使用複數 products。另外，因為產品是「我們的」東西，所以這裡必須加上所有格 our。

STEP 2

汽車製造「大廠」的「大」會使用 large 來表達，「汽車製造廠」可寫成 car manufacturers 或 car makers。因為交貨的對象應該不只一個，所以這裡也會用複數形表達。

「給～」的部分會使用介系詞 to 來表達。

解答

> We deliver our products to large car manufacturers.

UNIT 6

郵件

努力求職中

① 我應徵了一間知名的貿易公司。

② 我明天要去面試。

③ 我想要積極推銷我自己。

試著寫寫看！

①

②

③

單字・表達

「貿易公司」：trading company 「應徵」：apply

「面試」：interview 「積極地」：positively

❶ 我應徵了一間知名的貿易公司。

STEP 1

第一步先思考句子架構中的「我應徵了～」要怎麼寫。這個句子的主詞是 I，「應徵」則會使用 apply 這個動詞，並且要改成過去式 applied。此外，**因為 apply 是不及物動詞，所以在接受詞時必須先加上介系詞。**這邊的受詞是「公司」，所以會用介系詞 **to**，但若受詞是「職位」的話，就要用 **for**。

 公式⓰ 介系詞

STEP 2

受詞是「一間知名的貿易公司」，「知名的」是 famous，「貿易公司」是 trading company，因為這個句子所說的只是「某一個不特定的」貿易公司，沒有特別指名是哪一間，所以這裡的冠詞要用不定冠詞 a。

解答

I applied to a famous trading company.

❷ 我明天要去面試。

STEP 1

 公式❼ 未來式

「（我）要去～」是這個句子的主要架構。**因為句子的內容是未來的計畫，所以要用 be going to**，不過這邊如果要使用 will 也沒有任何問題。「去」是 go，所以到這邊會寫成 I'm going to go ～。

STEP 2

　　因為 go 在這裡是不及物動詞，因此後面要先使用介系詞 to，才能接受詞的「面試」，而「去面試」中的「面試」，英文是 interview，**而因為這場面試指的是第一句中提到的「知名貿易公司的面試」，所以是特定的事物，因此這邊要加上的是定冠詞 the。**

公式⑳ 冠詞

　　最後，將表示「明天」的 tomorrow 加在句尾。

解答

I'm going to go to the interview tomorrow.

---

❸ 我想要積極推銷我自己。

STEP 1

　　「我想要～」是這個句子的主要架構，用英文來表達的時候，只需要用 want 這個字就可以了。

　　這一句用的句型是 I want to ～，to 之後連接動詞。

STEP 2

　　「積極推銷我自己」中的「推銷」，使用 sell 或 promote 來表達都可以。

　　另外，因為「推銷我自己」的主詞是 I，所以這裡不能用受格的 me，而必須使用反身代名詞的 myself。

　　「積極地」可以用 positively 來表示。

解答

I want to positively <u>sell</u> [promote] myself.

訊息

小狗的照片

❶ 你不覺得這張照片很可愛嗎？

❷ 這是我家的貴賓犬 Mimi，她是個小女生。

❸ 儘管她討厭相機，但我這次拍到了一張好照片。

試著寫寫看！

❶

❷

❸

單字・表達

「照片」：picture 「可愛的」：cute
「貴賓犬」：poodle 「討厭」：dislike

解說

❶ 你不覺得這張照片很可愛嗎？

STEP 1

　　「你不覺得這張照片很可愛嗎？」的口吻比較輕鬆，換個方式來想就是「這張照片很可愛，你不覺得嗎？」。這裡的「你不～嗎？」會用否定疑問句 Don't you ~ 來表達，這個句型只有助動詞的部分是否定的，接在後方的內容和一般問句相同。

STEP 2

　　接著要寫「覺得這張照片很可愛」，這裡的「覺得」會用動詞 think 來表示。**可使用 think 的句型是＜think＋受詞＋補語＞。**這邊的受詞是「這張照片」的 **this picture**，補語是「可愛的」的 **cute**。

公式❶ 英文句子的架構

解答

> Don't you think this picture cute?

❷ 這是我家的貴賓犬 Mimi，她是個小女生。

STEP 1

　　這個句子在轉換成英文時可以使用 This is ~ . 的句型來表達。在把一個人介紹給其他人的時候，常常會用到 This is ~. 的句型。要表達「貴賓犬 Mimi」的時候，會把逗點加在 poodle 之後再寫出名字，寫成 poodle, Mimi。「我家的」也就是「我們的」，所以在 poodle 之前會加上 our。此外，也可以想成「我家的貴賓犬『被叫做』Mimi」寫成 our poodle called Mimi，再把這部分和前面的 This is 相連接。

　　這裡的「她」指的是家裡的貴賓狗,為了表達與寵物間的親密感情,現在常會以人稱代名詞來代稱寵物,因此會使用 she is ~ 來表達。「小女生」是 little girl,這裡沒有特指哪個小女生,所以會在 little girl 前加上冠詞 a,再與前面的 she is 連接,寫成 she is a little girl。

　　最後利用表示順序連接的 and 連接前後句,因為前後句間是內容獨立的句子,所以會在 and 前面加上逗號分隔。

解答

> This is our poodle, Mimi, and she is a little girl.

---

❸ 儘管她討厭相機,但我這次拍到了一張好照片。

STEP 1

　　前半句的「她討厭相機」指的是「貴賓犬＝她」討厭,因此主詞要用 she,連接表示「討厭」的 dislike。因為主詞是第三人稱單數,所以別忘了動詞要加上 s,句子會寫成 She dislikes the camera。

STEP 2

　　後半句的「我這次拍到了一張好照片」,「拍照」這個動作是 take a picture,在 picture 的前面加上表示「好」的 good,寫成 take a good picture,而 take 要改成過去式的 took,表示「這次」的 this time 則加在句尾。

　　最後用表達轉折的從屬連接詞 although（儘管～（但～））來和前半句連接。　　公式⑭ 連接詞

解答

> Although she dislikes the camera, I took a good picture this time.

UNIT **8**

日記

與家人賞花

❶ 在附近的公園裡有很多櫻花樹。

❷ 它們現在正在盛開。

❸ 我和家人一起去了那裡享受賞花的樂趣。

試著寫寫看！

❶

❷

❸

單字・表達

「附近的」：nearby 「櫻花樹」：cherry tree

「盛開」：full bloom 「享受」：enjoy

❶ 在附近的公園裡有很多櫻花樹。

STEP 1

 公式❹ 表達「存在」

　　這個句子的主要架構是「有很多櫻花樹」，這裡可以用 **There is ~** 句型來表達「有」，句中的「很多」代表櫻花樹的數量是複數，因此要用 **There are**。

　　「櫻花樹」是 cherry tree，「很多」是 a lot of，要放在複數形態的 cheery trees 之前，句子到這邊寫成 There are a lot of cherry trees。

STEP 2　　 公式❷⓿ 冠詞

　　接下來寫「在附近的公園裡」，「公園」是 **park**，在這個句子裡所指的是「特定的公園」，所以要加上定冠詞 **the**。這裡要用表示地點的介系詞 **in** 表達「在～裡」，「附近的」則是 nearby，nearby 可以放在名詞的前面或後面做修飾。

解答

> *There are a lot of cherry trees <u>in the nearby</u> park [in the park nearby].*

❷ 它們現在正在盛開。

STEP 1

　　「它們正在盛開」是這個句子的主要架構。首先，主詞要用 they 來代表前一句中的 cherry trees，「盛開」寫成 be in full bloom。把它們組合起來就是這個句子的主要架構了，寫成 They are in full bloom。

STEP 2

只要使用 now 就能表達「現在」了,而因為 now 是副詞,所以對於必須要把它放在哪裡的限制較為寬鬆自由,可以選擇放在「be 動詞後、一般動詞前」、句首或句尾,這邊選擇把 now 放在 are 這個 be 動詞的後面。

解答

> *They are now in full bloom.*

---

❸ 我和家人一起去了那裡享受賞花的樂趣。

STEP 1

首先,「我和家人一起去了」的主詞是 I,以 I went there 表示「我去了那裡」。「和家人一起」則會用到表示「和~一起」的介系詞 with,表示「家族」的 family 是集合名詞,同樣也有「家人(群體)」的意思,因此「和家人」只要寫成 with my family 就可以了。

STEP 2

句子後半段的「賞花」該怎麼寫呢?其實只要簡單想成「看花」就可以了。

這裡的「花」特別指的是櫻花,但可以寫成 the flowers 就好,「看」可以用 view 來表達,不過因為這裡指的是「看」的這件事,所以會用動名詞 viewing,並接在表示「享受」的 enjoyed 之後,寫成 enjoyed viewing the flowers。

後半句與前半句之間是順序關係,因此會用 and 來彼此連接,這樣句子便大功告成了。

公式⓮ 連接詞

解答

> *I went there with my family and enjoyed viewing the flowers.*

125

週末和媽媽一起逛街

❶ 你如何度過這個週末的？

❷ 我和媽媽一起去逛街了。

❸ 我買了漂亮的法國製肩揹包。

試著寫寫看！

❶

❷

❸

單字・表達

「度過」：spend 「肩揹包」：shoulder bag

「漂亮的」：beautiful

126

解說

❶ 你如何度過這個週末的？

公式❽ 疑問詞疑問句

STEP 1

　　題目利用「如何～」來寫詢問對方的疑問句。表達「如何」的疑問詞是 **How**，會放在句首。使用疑問詞疑問句來表達時，語序會是＜疑問詞＋助動詞＋主詞＋動詞 ~?＞。

STEP 2

　　動詞「度過」是 spend，這個字是一般動詞，句子的時態則是過去式，句子的主詞是 you，而在疑問詞之後要加上助動詞 did，助動詞之後的動詞要用原形。「週末」指的是最近的那個週末，所以是一個特定的週末，寫成 the weekend。

解答

How did you spend the weekend?

❷ 我和媽媽一起去逛街了。

STEP 1

　　句子的架構是「我去逛街了」。「去逛街」有 go shopping 這一個簡單的講法，因此主架構就可以寫成 I went shopping。

STEP 2

　　「媽媽」如果寫成 my mother 的話，語氣會比較正式，而比較輕鬆的表達方式則會寫成 Mom。「和～」就是「和～一起」的意思，所以要用介系詞 **with**，寫成 **with Mom**。

公式⓰ 介系詞

I went shopping with Mom.

---

❸ 我買了漂亮的法國製肩揹包。

STEP 1

　　句子的架構是「我買了肩揹包」。「肩揹包」的英文是 shoulder bag，把這個字放在 buy 的過去式 bought 之後，寫成 I bought a shoulder bag。這樣第一步就完成了。

STEP 2

　　「法國製的」有 made in France 或 French-made 這兩種說法，可擇一使用。要注意的是，若使用由多個字彙組成的片語 made in France，那就要放在 shoulder bag 的後方。若使用由破折號連接而成一個單字的 French-made，則要放在 shoulder bag 的前方。

　　有很多能表示「漂亮的」的形容詞，這邊使用 beautiful。

　　此外，當句中出現好幾個形容詞的時候，會把與名詞連結較緊密強烈的形容詞，放在較靠近名詞的位置。以 French-made 在這個句子中的使用情形為例，排列順序就會是 beautiful, French-made。

解答

I bought a beautiful shoulder bag made in France.

I bought a beautiful, French-made shoulder bag.

UNIT 10

與朋友唱卡拉 OK

❶ 今天跟我朋友 Miyu 去了卡拉 OK。

❷ 我們兩個人在兩個小時裡唱了大概 20 首歌。

❸ 我真的很驚訝 Miyu 唱得很好。

試著寫寫看！

❶

❷

❸

單字・表達

「卡拉 OK」：karaoke　「唱歌」：sing

「感到驚訝的」：surprised

129

❶ 今天跟我朋友 Miyu 去了卡拉 OK。

STEP 1

　　「卡拉 OK」的英文是 karaoke，「去了卡拉 OK」可以直接寫成 go to karaoke。這邊使用 go 的過去式 went，並將中文句子中被省略掉的主詞 I 加上去，這樣一來句子的主要架構便完成了。

　　寫成 I went to karaoke。

STEP 2

　　「跟我朋友 Miyu」的「跟」是「和～一起」的意思，所以這裡要用介系詞 with 來表達。「朋友 Miyu」的表達方式則是在 my friend 的後面先加上逗號再接上 Miyu，簡單寫成 my friend, Miyu。

　　表示「今天」的 today 則可放置在句首或句尾。

解答

Today I went to karaoke with my friend, Miyu.

❷ 我們兩個人在兩個小時裡唱了大概 20 首歌。

STEP 1

　　「唱了大概 20 首歌」的主詞是「我與 Miyu」，這裡可以用 we 來表達。表示「唱」的 sing 的過去式是 sang。「歌」則是 song，「20 首歌」寫成 20 songs。「大概」就是「大約」、「左右」的意思，只要將 about 加在 20 之前，句子的主要架構就完成了。

　　主要架構寫成 we sang about 20 songs。

STEP 2

「兩個小時裡」嚴格說來就是指「在兩個小時的期間之內」，所以可以寫成 for two hours。要表示「兩個人」的話，可以把 two 放在 we 的後面來表明 we 所指的是兩個人，不過因為第一句話就已點明去唱卡拉OK 的就是「我跟 Miyu」兩人，所以就算把 two 省略也沒有問題。

解答

We sang about 20 songs for two hours.

---

❸ 我真的很驚訝 Miyu 唱得很好。

STEP 1　　　　公式❾ 被動語態

這裡會使用 surprise（使驚訝）這種「使人產生～的感受」的情緒動詞來表達，而要表達「感到驚訝」則要把 surprise 改成被動語態的 be surprised，並在 surprised 前面加上用來強調形容詞、表示「真的很～」的副詞 really。

STEP 2

要寫「Miyu 唱得很好」這部分時，必須在 surprised 的後面加上 that，以 that 引導後面的子句，這裡使用的句型是＜I was really surprised that 子句＞，只要把「Miyu 唱得很好」的這個內容放在子句的位置就可以了。

雖然寫成 Miyu sings well 也可以，不過英文中更常使用 Miyu is a good singer 這種表達方式。另外，「**Miyu 唱得很好**」這件事，不管在過去還是未來，都是不會改變的事實，因此 **that** 之後的子句時態並未與前半句時態一致，而是使用現在式。　　　公式❺ 現在式

解答

I was really surprised that Miyu is a good singer.

131

朋友的日本之旅

❶ Kim 你決定要規劃你的日本之旅了嗎？

❷ 讓我知道你想要去哪裡和想要做什麼。

❸ 如果你計劃要爬富士山的話，你就得預約山中小屋。

試著寫寫看！

❶

❷

❸

單字・表達

「旅行」：trip 「富士山」：Mt. Fuji

「山中小屋」：mountain cottage

解說

❶ Kim 你決定要規劃你的日本之旅了嗎？

STEP 1

這個句子的主要架構是「決定了嗎？」→「你決定～了嗎？」。「決定」是 decide。**關於時態方面，Kim「決定」的這個動作，並非只是單方面所做的過去行為，而是會影響對方在接下來的應對方式，也就是「過去的行為對現在造成影響」，這種句子情境經常會使用現在完成式來表達。**

公式❻ 現在完成式

因此這個句子的主要架構便會寫成 Have you decided ～?。

STEP 2

在句子架構中加入「規劃你的日本之旅」。「日本之旅」就是「到日本的旅行」，雖然 a trip to Japan 這種表達方式是對的，但嚴格來說其實是「你的日本之旅」，因此會寫成 your trip to Japan。

這裡的「規劃」可以使用動詞的 plan 來表達會比較自然，再加上不定詞 to 寫成 to plan your trip to Japan 接在 decide 之後。

句子開頭的「Kim」是用來呼喚、引起別人注意的稱呼，只要保留原樣放在句首就可以了。

解答

Kim, have you decided to plan your trip to Japan?

要點 「經常使用所有格」

在寫英文的時候，常常必須把中文沒有提到的所有格寫出來，也就是要特別注意，用英文表達時會清楚指明所指的人事物間的關係。

「你把車停在了哪裡？」→ **Where did you park <u>your</u> car?**

「妹妹一起來嗎？」→ **Is <u>your</u> sister coming together?**

❷ 讓我知道你想要去哪裡和想要做什麼。

STEP 1

　　這個句子的主要架構「讓我知道～」，是用來向對方提出「請求」的句型。從中文的句子來看，可以發現寫出這句話的人和看的人之間應該很熟，因此改用英文表達時，不需要使用太過禮貌的口吻。「告訴我」有 let me know 這種表達方式，這裡直接以祈使句的句型呈現。

　　順帶一提，**按照時間、地點、場合及口吻的不同，英文祈使句的語氣也會隨之變化。一般「（做）～喔！」、「請～」等表達方式，語氣的禮貌程度大概在中間，是不會讓人覺得太過隨便的表達方式。**

公式⓱ 請求

STEP 2

　　用來表達「想要去哪裡」及「想要做什麼」的句型是相同的。

　　這兩個都可以用＜疑問詞＋S＋V＞來寫，「想要去哪裡」寫成 where you want to go，「想要做什麼」則是 what you want to do。由於這裡是希望對方這兩部分都能告訴自己，因此會用連接詞 and 來連接。

解答

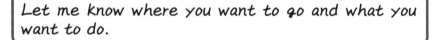

Let me know where you want to go and what you want to do.

要點　「間接問句」

　　把疑問詞疑問句當成動詞的受詞，就被稱為「間接問句」。一般問句中，助動詞會放在主詞之前，而間接問句則是以直述句的語序呈現。

I don't know why she's late.【間接問句】
我不知道她為什麼遲到。

Why is she late?【一般疑問詞疑問句】
為什麼她遲到了？

❸ 如果你計劃要爬富士山的話，你就得預約山中小屋。

`STEP 1`

公式⓭ 假設語氣

第一步先從前半段開始處理。「**如果～**」**是假設語氣，以 if 開頭，且因為內容是未來可能實現的假設，所以要使用現在式動詞。**「計劃要～」可以用 plan to 來表達，後面接「爬富士山」的「爬（climb）」，且 climb 是及物動詞，後面能直接加受詞，寫成 climb Mt. Fuji。

綜合以上，前半句寫成 If you plan to climb Mt. Fuji。

`STEP 2`

後半句的「你就得預約山中小屋」是「你就會需要預約山中小屋」的意思。「需要～」會用 need 及介系詞 to 來表達，並在 to 之後加上動詞以傳達必須要去做的行為。因為這個句子所說的是在未來發生的事情，所以要加上 will。

動詞的「預約」是 reserve 或 book，「山中小屋」是 mountain cottage。因此後半句會寫成 you'll need to reserve a mountain cottage，並和前半句接在一起。

`解答`

> If you plan to climb Mt. Fuji, you'll need to reserve a mountain cottage.

要點　「對未來事物的假設」

如果提出的假設是在未來可能實現的事情，那麼可以使用＜If 主詞＋現在式動詞 ~, 主詞＋現在式助動詞 ~.＞這個句型，這個句型在寫作時也經常用到。

另一方面，若是在未來可能不會實現的假設，則會用＜If 主詞＋could [would] ~ , 主詞＋would [should, might] ~.＞這個句型。

明天的約定

❶ 明天有什麼計畫嗎？

❷ 如果沒有的話，我們要不要在哪裡見個面？

❸ 我想要去看部電影，然後去吃晚餐。

試著寫寫看！

❶

❷

❸

單字・表達

「計畫」：plan　「見面」：meet up
「晚餐」：dinner

解說

❶ 明天有什麼計畫嗎？

STEP 1

第一步先來整理這個句子的架構。「有什麼計畫嗎？」的部分不能只是逐字按照中文句子來寫，在思考時要稍微改變一下。

先將代表被詢問對象的主詞「你」補上，改用「你有什麼計畫嗎？」來思考，就能輕鬆地把英文寫出來。

「計畫」會用 plan 這個字，「什麼」用來修飾 plan，因此在 plan 之前加上 any。

關於在使用 any 這個字時，後面接續的名詞到底要用單數還是複數的這個疑問，其實，若這個名詞是特定指一個東西，那就會用單數，但若指的是超過一個的東西，則會使用複數。這邊因為不清楚對方究竟有幾個計畫，所以會用複數的 plans。

在寫一般動詞疑問句時，必須將助動詞 do 放在句首。

句子到此為止寫成 Do you have any plans?。

STEP 2

做為修飾語的「明天」是 tomorrow。tomorrow 雖然能當成副詞來用，但在英文中，寫成 plans for tomorrow（明天的計畫）的話，句子會比較漂亮。

解答

Do you have any plans for tomorrow?

❷ 如果沒有的話，我們要不要在哪裡見個面？

STEP 1

　　首先來思考「如果沒有的話」這句。「如果～」是假設語氣，雖然在中文句子中沒有把完整資訊寫出來，但在寫英文句子時必須把必要的詞語補充進去，也就是必須對應前一句的內容，寫成「如果沒有計畫的話」→「如果你沒有計畫的話」，以 if 開頭，寫成 if you don't have any plans。

　　不過，因為在前一句中已經寫出了 plans，所以這裡就算不寫出來，大家也都知道你指的是什麼，因此這邊可以把 plans 省略掉，寫成 if you don't have any。

STEP 2　　公式⓱ 提議或邀請

　　句子的後半段是「我們要不要在哪裡見個面？」，這裡用「要不要～」的句型來邀請對方，因此會用「提議或邀請」的句型 **How about ～ ?** 或 **Let's ～ .** 來寫。

　　「見面」的英文是 meet up，meet 若被放在 How about 之後，就要改成動名詞的形態，但若是放在 Let's 之後，則會維持原形。

　　最後再加上表示「在哪裡」的副詞 somewhere，句子便完成了。

　　可以寫成 how about meeting up somewhere? 或 let's meet up somewhere.

　　和 Step 1 寫好的 If 子句之間會以逗號相連接。

解答

If you don't have any, how about meeting up somewhere?

If you don't have any, let's meet up somewhere.

❸ 我想要去看部電影，然後去吃晚餐。

STEP 1

　　第一步要先好好觀察這個句子。這個句子的主要架構是「我想要（做）～」，而想做的事情有兩件，一是「看電影」、二是「吃晚餐」，先把這兩件事放在一旁，Step 2 的時候再處理。

　　「我想要（做）～」的主詞是 I，這個句子會以 I want to 或 I'd like to 來開頭。

STEP 2

　　「看電影」可以寫成 see a movie 或 go to the movies。

　　「吃晚餐」則是 have dinner。

　　接下來將這兩者連接起來，由於句子中出現了「然後」，所以可以知道這兩件事是有先後順序的。在寫的時候要先用可以表達順序的連接詞 and，再加上表示「之後」的 then。

　　所以這兩件事會寫成 see a movie, and then have dinner。

　　把這部分和 Step 1 裡的 I want to 或 I'd like to 連接起來，必須要注意的是，在不定詞的 to 之後的動詞都要用原形。

解答

I want to [I'd like to] see a movie, and then have dinner.

詢問退貨

❶ 我 10 月 10 日從你們網路商店裡買了一件羽絨夾克。

❷ 不過,很遺憾地,它既不合身也與我想像的不同。

❸ 我想要退貨,所以請告訴我你們的退貨政策。

試著寫寫看!

❶

❷

❸

單字・表達

「羽絨夾克」:down jacket   「遺憾地」:regrettably

「合身」:fit   「退貨」:return

「政策」:policy

解說

❶ 我 10 月 10 日從你們網路商店裡買了一件羽絨夾克。

STEP 1

　　這一句的主要架構是「我買了一件羽絨夾克」。「我買了」的主詞是 I 並使用 buy 或 purchase 的過去式，寫成 I bought 或 I purchased。

　　「羽絨夾克」是 down jacket，down 是羽絨的意思。另外，英文中的 jacket 指的不只是像西裝外套那種剪裁俐落的「外套」，也能用來指夾克或羽絨夾克之類的「衣長較短的外套」。

STEP 2

　　「你們（的）」這部分可以直接用 your 這個字來解決，不用因為這邊指的是公司就使用 company 這個字。

　　「網路商店」的英文，一般可以寫成 online shop 或 online store。可對應「從網路商店裡」的「從～裡」的介系詞是 from 或 at。

　　最後再將表示「10 月 10 日」的 on October 10 放在句尾，這個句子就完成了。

解答

I bought [purchased] a down jacket from your
online shop on October 10.

要點 「時間與介系詞」

　　用來連接時間的介系詞，基本的使用方式是「時間」→ at、「上午、下午」或「月、季節、年」→ in、「日期」→ on。

at 3:15　in the morning　on Sunday　in June　in fall　in 2020

　　不過，基於不知名的原因，night 倒是會寫成 at night。

❷ 不過，很遺憾地，它既不合身也與我想像的不同。

STEP 1

　　「不合身」和「與我想像的不同」的主詞都是前一句中提到的 a down jacket，所以這裡會用代名詞 it 來寫。接下來思考「不合身」的寫法，「合身」也就是表示「合適」的 fit，所以這裡可以寫成 it doesn't fit。

　　在寫「與我想像的不同」時，也必須稍微換個方式來思考，想成「與我想像中的東西不同」。

 公式⑮ 關係詞

　　「～的東西」可使用關係代名詞的 what 來表達。what 含有 the thing which 的意思，是包含了先行詞意義的關係代名詞。

　　「與我想像中的」可以用 imagined 或 expected 來表達。

　　而「不同」則可將 isn't 放在前面來傳達否定的意思。

STEP 2

　　就像這個句子一樣，在想要表達自己不喜歡所買到的商品時，只要在句子裡加上「遺憾地」就能讓語氣比較和緩一點。**「遺憾地」可用 regrettably 或 unfortunately 來表達。**

 公式⑲ 副詞

　　「遺憾地」一般都會放在句子的開頭，並用逗號區隔開下一句。但由於這個句子必須用 But（不過）開頭，因此 regrettably 就會被逗號左右夾擊，寫成 But, regrettably, ...。

解答

> But, regrettably, it doesn't fit and isn't what I imagined.

❸ 我想要退貨，所以請告訴我你們的退貨政策。

STEP 1

第一步先來處理句子的前半段。「退貨」在英文中會用 return 來表達，這裡要退回的東西是前面有提到的 a down jacket，在這裡也用代名詞 it 來代稱。

「想要～」較禮貌的說法是 would like to ～，would like to 與主詞 I 連接時，經常會使用縮寫 I'd like to ～。「所以」則用 so 加在後半句的開頭，這樣寫會比較自然。

STEP 2

公式⓱ 請求

句子裡出現「請～」，可以知道必須使用請求的表達，這裡可以用 **Please** 開頭，也可使用比較禮貌的講法 **could you ～ ?**。這邊的「告訴」其實就是「告知」的意思，可簡單使用 tell 或 inform 來表達，兩者的使用方式不同，tell是＜tell 人 about 人事物＞，而 inform 則為＜inform 人 of 資訊＞，都可以用來表示「告知某人有關某人事物的資訊」。

在網路商店上經常看到的「退貨政策」，英文是 return policies。

解答

I'd like to return it, so please tell me about your return policies.

I'd like to return it, so could you inform me of your return policies?

要點　「退貨、退錢、換貨」

退貨、退錢及換貨是在購物時一定會用到的詞彙，這三個字都是以 re 開頭，所以要把它們一起記起來方便很多。return（退貨）、refund（退錢）、replace（換貨）。「退錢」也可以用 pay back，「換貨」也能改用 exchange 這個字。

秋天的京都最棒了

❶ 我和朋友一起去了京都旅行三天。

❷ 我們去了寺廟參觀、拍了紅葉的照片，也吃了很多東西。

❸ 儘管人非常多，但我們充分享受了這個季節的美麗京都。

試著寫寫看！

❶

❷

❸

單字・表達

「紅葉」：autumn leaves 「充分享受」：fully enjoy

解說

❶ 我和朋友一起去了京都旅行三天。

STEP 1

　　這個句子的主要架構是「去旅行」。「旅行」是 trip，而動詞的「旅行」會用基本動詞 make，寫成 make a trip。因為主詞是「我（I）」，而且去旅行這件事是發生在過去的事情，所以這裡必須使用過去式，寫成 I made a trip。

STEP 2

　　接著來處理句子中修飾語的排列順序。將表示「三天」的 three-day 放在 trip 的前面就可以了。一般來說，「三天」會寫成複數形的 three days，不過因為這邊要用來修飾名詞 trip，所以會使用單數形、可做為形容詞的 three-day，寫的時候千萬不要忘了連字號。

　　「去京都」是 to Kyoto，會放在 trip 之後。

　　「和朋友一起」中的「和～一起」會用 with 來表達，這裡的朋友如果是一個，寫成 my friend，但如果是兩個以上，那就要用複數的 friends。

解答

I made a three-day trip to Kyoto with my friend(s).

要點　「使用連字號的形容詞」

　　兩個單字中間夾著連字號的這種形容詞，比較常用的有以下這些：well-known（知名的）、eco-friendly（環保的）、alcohol-free（無酒精的）、highly-motivated（企圖心強烈的）。上面這些單字組合是固定的，但如果是表達數字的 three-day、two-year 等等，則可按照情境自由組合。

145

❷ 我們去了寺廟參觀、拍了紅葉的照片，也吃了很多東西。

STEP 1

這個句子有著特定的句型，在寫的時候要特別注意句中的「去了～、拍了～，也吃了～」這三個動詞間的連接，**當句子中像這樣出現接連使用三個動詞的情形時，就要聯想到＜A, B and C＞這個句型。**

公式⓮ 連接詞

因為這三件事全都是發生在過去的動作，所以要用過去式來寫，而主詞因為是「我和朋友（們）」，而會使用 We。

STEP 2

「去了寺廟參觀」這部分需要稍微換個方式來想，改以「去參觀了寺廟」來思考，這樣要寫成英文會比較容易，最簡單的寫法是 visited temples。

再來是「拍了紅葉的照片」，「拍照」會用基本動詞的 take 寫成 take a photograph 來表達，不過因為旅行中不太可能只拍一張照片，所以這邊會改用複數的 photographs。「紅葉」有幾種不同的說法，這邊使用的是 autumn leaves，**且因為這邊特指「京都的紅葉」，所以是特定的東西，而會在前面加上定冠詞 the。**

公式⓴ 冠詞

寫成 took photographs of the autumn leaves。

接下來，「吃了很多東西」的這部分，第一步要先把動詞 eat 改成過去式 ate。「很多東西」其實是「很多食物」的意思，把「食物（food）」明確寫出來，才是比較自然的英文表達方式，所以會寫成 ate lots of food。

最後再將主詞 We 放在句首，因為做這 A、B 及 C 三個動作的都是同一個主詞，所以主詞不用重複出現，只要在句首出現一次就可以了。

解答

We visited temples, took photographs of the autumn leaves and ate lots of food.

❸ 儘管人非常多，但我們充分享受了這個季節的美麗京都。

STEP 1

公式⓮ 連接詞

前半段的「儘管人非常多」是用來補充資訊的子句，所以在寫成英文時會把它視為「從屬子句」來處理。「儘管～，但～」可使用表示轉折的從屬連接詞 Although 來表達。

接著來處理「人非常多」這部分。比起直接說人非常多，講成「（因為人非常多）所以京都非常擁擠」會更能表達出這種情境的感覺。因為在主要子句中會寫到「京都（Kyoto）」這個地點，所以這邊會用 it 代替。

「（當時）人很多而非常擁擠」用英文可以寫成 was very crowded。整個從屬子句會寫成 Although it was very crowded。

STEP 2

接下來要處理的是後半段的主要子句。「充分享受了～」中的「充分」可以寫成 fully，後面加上動詞「享受」的 enjoy，整個可以簡單寫成 fully enjoyed。

「這個季節的美麗京都」就像中文句子字面所寫的這樣，寫成 beautiful Kyoto of this season 就可以了。這一句的主詞是「我們（we）」，主要子句整句寫成 we fully enjoyed beautiful Kyoto of this season。

最後，再用逗號將主要子句與從屬子句分隔開來並連接，句子便大功告成了。

解答

Although it was very crowded, we fully enjoyed beautiful Kyoto of this season.

日記

煮義大利麵

❶ 我那天試著用蝦子和蛤蜊做了義大利麵。

❷ 重點是要用白酒和大蒜來調味。

❸ 雖然我滿擔心的，但全家人都非常喜歡。

試著寫寫看！

❶

❷

❸

單字・表達

「蝦子和蛤蜊」：shrimps and clams 　「白酒」：white wine
「擔心」：be worried

❶ 我那天試著用蝦子和蛤蜊做了義大利麵。

STEP 1

　　「試著」指的是「嘗試做〜（義大利麵）」，「嘗試」會用 try 表達，寫成 tried making。<try doing>是「嘗試做（某事）」的意思。

　　這裡做義大利麵的材料是蝦子和蛤蜊，「蝦子」是 shrimp，「蛤蜊」則是 clam，因為通常一道義大利麵裡不會只有一隻蝦子和一顆蛤蜊，所以這邊要用複數的 shrimps 和 clams，並在中間加上 and 連接，寫成 shrimps and clams。

　　「用〜」則可以用介系詞 with 來表達，再加上句子主詞的 I，這麼一來，句子便會寫成 I tried making pasta with shrimps and clams。

STEP 2

　　「那天」的固定說法是 the other day，只要再把這個片語放在句尾，句子就大功告成了。

解答

I tried making pasta with shrimps and clams the other day.

要點　「try doing 和 try to do」

　　要表達「嘗試做某事」時會用 try doing，要表達「努力去做某事」時則會用 try to do。

I tried cooking a Chinese meal.（我試著煮一頓中華料理）

I tried to cook breakfast every day.（我（努力）試著每天都做早餐）

❷ 重點是要用白酒和大蒜來調味。

STEP 1

「重點是～」的「重點」是指「關鍵、訣竅」，英文會寫成 the point。

另外，英文和中文一樣，都會把「重點是～（the point is ~）」當成主詞並放在句子的一開頭，所以＜the point is ~＞便是這個句子的主要句型。

接著，只要再寫出「要用白酒和大蒜來調味」就行了。

STEP 2

「調味」的英文要怎麼說呢？season 做為名詞使用時，意思是「季節」，但做為動詞使用時，則有「調味」的意思，所以這邊就會使用 season 這個字。

「用白酒和大蒜」的「用」有「使用（工具）」的意思，會以 with 來表達，寫成 with white wine and garlic。

被調味的對象是 pasta，但因為上一句已經出現過一次 pasta 了，這裡是第二次出現，所以會用 it 來代替，寫成 season it with white wine and garlic。

公式⓬ 不定詞

這部分必須與 Step 1 的 The point is ~ 相連接，中間以**名詞用法的 to 不定詞來連接 season**。

解答

The point is to season it with white wine and garlic.

❸ 雖然我滿擔心的，但全家人都非常喜歡。

STEP 1

　　第一步先來思考句子的前半段。「擔心」有直接使用 worry 及被動語態的 be worried 這兩種表達方式，且這兩者所傳達出來的語意不同，worry 是「經常性地」擔心某事物，而 be worried 則有「在這個時間點」擔心某事物的意思。

　　這邊使用 be worried 比較合適。

　　因為句子的主詞是 I，所以前半段會寫成 I was worried。

STEP 2

　　要如何用英文表達後半段的「但全家人都非常喜歡」，需要好好思考。首先關於「全家人」，這邊真正要表達的意思是「全體家族成員」，因此會寫成 all the family members。

　　「全家人都非常喜歡」的對象是義大利麵，因為前面已經有提過義大利麵了，所以這裡就用 it 代稱，會寫成 all the family members liked it very much。

　　句子前半段和後半段之間有「但～」這個連接詞，所以要用表達轉折的連接詞 but 來連接。

解答

> I was worried, but all the family members liked it very much.

要點　「介系詞 with」

　　介系詞有各式各樣的使用方式，所以在寫作時經常會發生選擇困難的情形。with 這個字就是代表性的難選介系詞之一，除了熟悉的「和～一起」、「有著～」的用法之外，還有其他的使用方式。

　　<狀態> **Wrap the item with care.**（小心包裝商品）
　　<手段> **Chop it with the knife.**（用刀子把它剁碎）
　　<感情> **I couldn't sleep with excitement.**（我興奮地睡不著）

準備過聖誕節

❶ 早上我和孩子們一起裝飾了聖誕樹。

❷ 他們的禮物及派對料理全都準備好了。

❸ 我希望會下雪，這樣我們就能過白色聖誕節了。

試著寫寫看！

❶

❷

❸

單字・表達

「裝飾」：decorate 「料理」：dish, food

「白色聖誕節」：white Christmas 「下雪」：snow

解說

❶ 早上我和孩子們一起裝飾了聖誕樹。

STEP 1

這一句的主要句型是「我裝飾了聖誕樹」。

「裝飾」是 decorate，這個字非常適合和聖誕樹一起搭配使用。這個句子裡的「裝飾聖誕樹」這件事發生在過去，所以要用過去式形態的 decorated。

直接用 Christmas tree 表達「聖誕樹」就可以了，裝飾聖誕樹的主詞是「我」，因此會寫成 I decorated a Christmas tree。

STEP 2

「和孩子們一起」會使用介系詞 with 來表達。「孩子們」有 children 這種比較正式的說法，但一般日常生活中其實用 kids 就可以了。「早上」是 in the morning，可以放在句首或句尾。

解答

I decorated a Christmas tree with my kids in the morning.

要點「Christmas」

有很多慣用表達都與 Christmas 有關，若有需要可查詢 Google 或字典。

Christmas holiday（聖誕假期）　**Christmas carol**（聖誕歌曲）

Christmas wish list（聖誕願望清單）

Christmas lights（聖誕燈飾）

With best wishes for Merry Christmas（祝你聖誕節快樂）

❷ 他們的禮物及派對料理全都準備好了。

STEP 1

在用英文寫這句話的時候，要把「他們的禮物及派對料理」當作主詞，而「全都準備好了」則是動詞和補語的部分，這樣來劃分的話，組合起來就會比較容易。

「他們的禮物」是 presents for them，而「派對料理」則可以用 party dishes 或 party foods 來表達，接下來把這兩者用 and 連接起來當作主詞。因為這兩者指的皆是特定事物，所以要加上 the，寫成 the presents for them and the party dishes。

STEP 2

「準備好了」可用 ready 表達，而「全都」則帶有強調的意思。所以這裡只要把 all 加在 ready 之前，就能傳達出「全都準備好了」的感覺。

解答

The presents for them and the party dishes are all ready.

❸ 我希望會下雪，這樣我們就能過白色聖誕節了。

STEP 1

　　這個句子的主要句型是「我希望～」，用來表達本人的期望，英文會用 I hope ～ 來表達，句型寫成＜I hope (that) ～＞（that 可省略），that 之後連接子句。

STEP 2

　　that 之後接的是「會下雪，這樣我們就能過白色聖誕節了」。

　　在表達「會下雪」的時候，必須使用代表天氣的 it 當作主詞，並連接動詞 snow，且因為是指未來發生的事，所以要寫成 it will snow。

公式❿ 主詞 It 的用法

　　「我們過白色聖誕節」可以想成是「我們擁有白色聖誕節」，這樣一來便能輕鬆用英文寫成 we have a white Christmas。

　　「希望會～」帶有表達目的「以便～」的意思，所以這裡可以用 so (that)，並在後面接上 we have a white Christmas，且通常會同時與助動詞 can 或 will 一併使用。

　　it will snow so (that) we can have a white Christmas 這部分就是要加在 I hope (that) 之後的內容。

解答

I hope (that) it will snow so (that) we can have a white Christmas.

要點　「so that」

so that 用來連接表示目的或結果的子句，這裡的 that 可以被省略。
I studied hard so (that) I could pass the exam.
（我很認真念書，以便我能通過考試）〔目的〕
I overslept, so (that) I missed the flight.
（我睡過頭了，以致於我錯過了班機）〔結果〕

UNIT 17

部落格

在寺廟遇到外國人

❶ 我在我元旦去拜拜的廟裡看到了一對外國情侶。

❷ 我和他們搭話，然後發現他們不知道要怎麼拜拜。

❸ 我教了他們燒香、說禱詞及燒金紙的這個流程。

試著寫寫看！

❶

❷

❸

單字·表達

「元旦」：New Year's Day 　「寺廟」：temple

「拜拜」：pray 　「香」：incense stick

「禱詞」：prayer 　　「金紙」：joss paper

解說

❶ 我在我元旦去拜拜的廟裡看到了一對外國情侶。

STEP 1

句子的主要架構是「我看到了一對外國情侶」。「一對外國情侶」也就是「一對從國外來的情侶」，英文寫成 a couple from abroad。

這邊如果只是寫「有一對外國情侶在廟裡」，並且用 there is 來表達的話，會讓看的人覺得有種冷漠的感覺，因此寫成「我看到（遇到）」的話會比較好，寫成 I saw a couple from abroad。

STEP 2

與主要架構連結的子句是「在我元旦去拜拜的廟裡」。

首先，「廟」這部分會用到地點介系詞 at，寫成 at the temple。

接著連接「我元旦去拜拜」。「我元旦去拜拜」比較難直接寫成英文，但如果改以「我元旦去拜訪」的角度來思考的話，就會比較容易寫成英文。「元旦」可寫成 on New Year's Day，「拜訪」是 visited，這部分寫成 I visited on New Year's Day。

再來，必須將這部分與 at the temple 連結在一起。**因為動詞的 visited 是及物動詞，而它的受詞是先行詞的 the temple，所以這裡會選擇用關係代名詞 which 連接兩者。另外，這裡的 which 可以省略。**

公式⑮ 關係詞

解答

I saw a couple from abroad at the temple (which) I visited on New Year's Day.

❷ 我和他們搭話，然後發現他們不知道要怎麼拜拜。

STEP 1

要怎麼寫「～搭話，然後發現～」呢？這邊要先想成「我和他們搭話之後發現～」。「和～搭話」寫成 talk to ～，「發現」是 find out，這裡都要用過去式形態來寫。

因此句子的主要架構會寫成 I talked to them and found out that ～。

STEP 2

把「不知道要怎麼拜拜」用「不知道拜拜的方法」的角度來思考的話，就會比較容易寫。

不過，「拜拜」的英文要怎麼說呢？其實只要把「拜拜」想成是英文裡的「祈禱」，使用 pray 這個動詞就可以了。how to pray 就是「拜拜的方法」。

「不知道」可使用 don't know 或 don't understand 來表達。

主要子句的動詞是過去式 found，因此 that 子句中的助動詞時態也必須保持一致，使用過去式 didn't。

解答

I talked to them and found out that they didn't know how to pray.

要點　「時態的一致」

寫句子時一定要保持時態的一致，這指的是從屬子句的動詞時態要配合主要子句的動詞時態。

I think you are wrong.（我認為你是錯的）
I thought you were wrong.（我當時以為你是錯的）
但是，若從屬子句是在描述普遍事實的話，則時態不一致也可以。

❸ 我教了他們燒香、說禱詞及燒金紙的這個流程。

STEP 1

　　句子的主要架構是「我教了～」。「教了～」也可以想成就是「建議～」，因此這裡可以使用表達「建議 A 做 B」的＜advise A on B＞。

　　句子內容是在過去發生的事，所以會寫成 I advised A on B。

STEP 2

　　A 指的是「那對情侶」，這裡以 them 代稱。

　　B 則是「燒香、說禱詞及燒金紙的這個流程」。「流程」也就是「過程」，可以用 process 表示，「～的這個流程」的寫法是 the process of ～。

　　「燒香」是 burn incense sticks；「說禱詞」是 say the prayer；「燒金紙」則是 burn joss paper。把這三組詞彙轉換成動名詞形態，並加在介系詞 of 之後。

　　在連接三組詞彙時，會用到＜A, B and C＞這個表達方式，所以會寫成 burning incense sticks, saying the prayer and burning joss paper。

　　統整 Step 1 和 Step 2 後就會寫成下面這個句子。

解答

> I advised them on the process of burning incense sticks, saying the prayer and burning joss paper.

今年的目標

❶ 我今年的第一個目標是通過全民英檢中級。

❷ 還有去英國旅行和看 100 本書。

❸ 我一定會全部達成！

試著寫寫看！

❶

❷

❸

單字・表達

「目標」：goal, objective　　「全民英檢中級」：the intermediate level of GEPT

「達成」：accomplish

解說

❶ 我今年的第一個目標是通過全民英檢中級。

STEP 1

　　用英文寫「我今年的第一個目標是通過全民英檢中級」時，「目標」寫成 goal 或 objective 都可以，「我今年的目標」中的「今年的」則是以 of 連接 this year 來表達，再把 my goal 放在前面，寫成 my goal of this year。

STEP 2

> 公式⑫ 不定詞

　　「通過全民英檢中級」是「要去做的事」，所以會使用不定詞的名詞用法來表達。「通過」的英文是 pass，寫成 to pass。「全民英檢中級」的固定寫法，只要上網就可以查得到，寫成 the intermediate level of GEPT。

　　統整到目前為止完成的部分，會寫成 My goal of this year is to pass the intermediate level of GEPT.。

　　最後，句子中的「我的『第一個』目標」，只要在 goal 的前面加上 first 就能輕鬆表達了，寫成 My first goal ~。

解答

> *My first goal of this year is to pass the intermediate level of GEPT.*

要點 「目標與目的」

　　在寫的時候，經常會犯的一個錯誤就是把「目標」寫成 purpose，但是 purpose 指的是「目的」，也就是「行動的理由」。「目標」指的則是「行動所要達成的結果」，可以用 goal、objective、target 等單字來表達。

❷ 還有去英國旅行和看 100 本書。

STEP 1

　　這個句子也是一樣，在下筆之前必須好好思考要如何處理。「還有」這個詞彙是用來引導出在第一個目標「通過全民英檢中級」之後的「下一個目標（也就是其他目標）」。

　　因此在考慮到用英文表達時的順序後，改用「其他目標是去英國旅行和看 100 本書」來思考，這樣就會瞬間變得容易處理許多了。

　　因為有兩個「其他目標」，所以要寫成 the other goals。不過因為在第一句中已使用了 goal，為避免重複，這邊會使用不定代名詞的 one 來代稱，寫成 the other ones。

STEP 2

　　這裡也會用不定詞 to make a trip to Britain 來表達「去英國旅行」。順帶一提，一般在台灣對於 Britain 和 England 不會特別區分，不過，如果是在英國當地，要特別注意 Britain 是指「英國整體」，England 則只是指「英格蘭」，兩者有明確的差異。

　　「看 100 本書」也會使用不定詞 to read 100 books 來表達。

解答

The other ones are to make a trip to Britain and to read 100 books.

要點　「不定代名詞」

　　沒有明確指出特定事物的代名詞，就稱作「不定代名詞」。除了 one 以外，還有 some、any、each、both、another。

I lost my smartphone, so I bought a new one. ＜one 指的是另一支手機＞
我弄丟了我的智慧型手機，所以我買了一支新的。

I lost my smartphone, but I found it later. ＜it 指的是前半句中弄丟的手機＞
我弄丟了我的智慧型手機，不過我之後找到它了。

❸ 我一定會全部達成！

STEP 1

　　「全部達成」中的「達成」會用 accomplish 來表達。「全部」是指前兩句中所提到的所有目標，因此第一步會先以 them 來代表所有的目標，再加上 all 來強調全部，寫成 accomplish them all。

　　這一句的主詞是 I，**助動詞會用表達出意志的 will，句子主要架構會寫成 I'll accomplish them all**。

公式⓫ 助動詞

STEP 2

　　這個句子是對於要達成目標的宣言，因此用了「一定會～」來強調決心。在英文中要怎麼處理強調的語氣呢？我們一起來思考看看吧。

　　最簡單的方法就是在句尾加上驚嘆號「！」。先用表示意志的助動詞 will，再利用驚嘆號來強調這股意志。

　　另一個方法，則是在句中加上表示「一定」的詞彙。這邊的「一定」就是「必定、肯定」的意思，而 surely 是最適合的副詞，所以整句可寫成 I'll surely accomplish them all!。

解答

> I'll (surely) accomplish them all!

要點　「all 的使用方式」

all 這個字經常出現，有許多不同的用法。

＜**all (of)** 名詞、代名詞＞

all children（小孩全體）　**all of us**（我們全體）

all (of) the cake（全部的蛋糕）

＜代名詞＋all＞＊做為受詞使用

Thank you all for coming today.（感謝你們大家今天前來）

遺憾的巴黎之旅

❶ 我參加了貴公司的「一日巴黎」行程，但我非常失望。

❷ 因為你們的導遊一點都不專業，所以我無法好好欣賞像巴黎聖母院之類的知名觀光景點。

❸ 我覺得你們應該要雇用更有經驗及能力的導遊。

試著寫寫看！

❶

❷

❸

單字・表達

「參加」：join 「感到失望」：disappointed

「巴黎聖母院」：the Notre Dame Cathedral

「觀光景點」：sightseeing spots 「有能力的」：qualified

「雇用」：hire

❶ 我參加了貴公司的「一日巴黎」行程，但我非常失望。

STEP 1

　　這是一則提出抱怨的評論。在寫這種用來抱怨的句子時，控制情緒並冷靜地下筆是很重要的，這樣一來才更能表達出真正的想法。

　　前半段的主要架構是「我參加了～」，「參加」是 join，寫成 I joined ～。

　　「『一日巴黎』行程」這部分，在現實中只需要把該公司提供的旅遊方案名稱寫出來就行了，不需要特別思考該如何表達，在這裡我們用 "One Day in Paris" tour 來表示。

　　「貴公司的」可以直接用 your 來表達。

STEP 2　　　　　　　　　　　　　　　　　公式 ❾ 被動語態

　　關於後半段中出現的**「失望」**，disappoint 是「使失望」的意思，**在這裡應該要用被動語態的 be disappointed 來表達**，並在句子中加入 really，就能更清楚地表明心情。另外，最正確的寫法會在句子裡再加上表示讓人失望的對象，也就是代表「『一日巴黎』行程」的 it，以及用來連接的 with，不過，因為這部分就算不寫，語意也非常清楚，所以把 with it 省略掉也不會有任何問題。

　　最後，再用轉折語氣的 but 來連接前半段和後半段，句子便完成了。

解答

I joined your "One Day in Paris" tour, but I was really disappointed (with it).

要點　「被動語態的情感表達」

　　在解答中出現的 be disappointed with ～（對～失望）的後面會加上名詞。另外，也可以像下面的句子一樣，後面接 to 不定詞或 that 子句。其他被動語態的情感表達的用法也相同。

I was disappointed to hear that.（聽到那件事讓我很失望）
　　　　　　　　　　　to 不定詞

I was disappointed that she didn't come.（她沒來讓我很失望）
　　　　　　　　　that 子句

❷ 因為你們的導遊一點都不專業，所以我無法好好欣賞像巴黎聖母院之類的知名觀光景點。

STEP 1

將「導遊一點都不專業」這句稍微換個角度思考，想成「導遊在他的工作上很糟糕」，就會比較容易寫成英文。「糟糕」會用<be poor at ~（不擅長～）>來表達，再加上 very 的話就更能強調導遊不擅長的程度。

導遊的工作主要是導覽，而導覽的英文是 guiding，不過這樣用字就和主詞的 tour guide 重複了，所以這邊改用 his job（若導遊是女性的話則寫成 her job）。

整個句子到此寫成 your tour guide was very poor at his job。另外，**由於這是表示理由的句子，所以會用連接詞 Because 來開頭。**

公式⓮ 連接詞

STEP 2

要直接用英文寫出「無法好好欣賞知名觀光景點」比較難，不過，在稍微思考過語意，並把它想成「無法好好享受這些知名觀光景點的樂趣」，就可以輕鬆解決。「好好享受～的樂趣」可以用 enjoy，「知名觀光景點」寫成 famous sightseeing spots，而在巴黎的觀光景點都是指特定的地點，所以會加上定冠詞 the。

「像巴黎聖母院～」這部分是以知名景點為例，可簡單用 such as 來寫，所以會寫成 the famous sightseeing spots such as Notre Dame Cathedral。

解答

Because your tour guide was very poor at his job, I couldn't enjoy the famous sightseeing spots such as Notre Dame Cathedral.

❸ 我覺得你們應該要雇用更有經驗及能力的導遊。

STEP 1

　　「我覺得你們應該要～」可以直接按照字面意思寫成英文 I think you should ~。順帶一提，**should 是在建議時會用的助動詞，強制意味並不強烈，因此加在 I think 之後當作緩衝，就能讓語氣感覺比較緩和。**

公式⓫ 助動詞

STEP 2

　　「雇用」可以用 hire 或 employ 來表達。「有經驗的」是 experienced，有許多形容詞可以表達「有能力的」，這邊使用的是 qualified。

　　「更～」是用來表示比較的詞彙，因此這裡把 more 放在兩個形容詞之前來表達比較。

解答

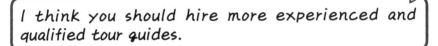

I think you should hire more experienced and qualified tour guides.

要點 「比較級」

　　解答中出現的比較級，沒有明確指出比較的對象，若要明確指出比較對象的話，則需要用到 than，句型如下。

She is more experienced than I as a tour guide.

＜比較對象 A ＋ is ＋比較級＋ than ＋比較對象 B ＞

做為導遊，她比我更有經驗。

為取消會面道歉

❶ 那天臨時取消會面，我深感抱歉。

❷ 幸運的是，我已幾乎從流感中痊癒，且現在也沒有發燒了。

❸ 因為這幾天一直很冷，所以也要請您照顧好自己。

試著寫寫看！

❶

❷

❸

單字・表達

「那天」：the other day 「臨時」：abruptly
「流感」：influenza, flu 「痊癒」：recover
「發燒」：fever

解說

---

❶ 那天臨時取消會面，<u>我深感抱歉</u>。

STEP 1

句子的主要架構是「～，我深感抱歉」。

 公式⓲ 道歉

在使用 **I'm sorry** 時，可以一併加上 **deeply** 或 **terribly** 等副詞來加強語氣。但如果是 **I apologize** 這種本身就很正式的語氣，則不需要再特別加上副詞。

這兩種表達方式都會用 for 來引導出道歉的理由。

STEP 2

道歉的理由是「那天臨時取消會面」。這句話裡面出現了各種單字與慣用表達，「取消」是 cancel、「臨時」是 abruptly、「會面」是 appointment、「那天」是 the other day。

cancel 接在 for 之後必須改成動名詞 cancelling，其他字彙與表達便按照文法規則來排序。

解答

I'm deeply sorry [I apologize] for abruptly cancelling the appointment the other day.

要點 「promise 與 appointment」

英文中和「約定」有關的字有 promise 和 appointment。promise 有「承諾、保證」的意思，appointment 則是「（進行會面的）約定」。另外，飯店等「設施的預約」則會使用 reservation 這個字。

❷ 幸運的是，我已幾乎從流感中痊癒，且現在也沒有發燒了。

STEP 1

　　前半句的「我已幾乎從流感中痊癒」，可使用動詞片語 recover from 來表達「從～痊癒」。「流感」是 influenza，但一般經常使用縮寫 flu。由於這邊指的是自己所得到的流感，所以要加上定冠詞 the。

公式❻ 現在完成式

　　「幾乎痊癒了」表達出「經過了一段時間之後，到現在已經幾乎痊癒了」，所以要用現在完成式來寫這個句子。

　　「幾乎」是 almost，句子到此會寫成 I've almost recovered from the flu。由於 almost 直接修飾的是動詞，所以會放在 recovered 之前。

STEP 2

　　後半句的「現在也沒有發燒了」是「我現在已經沒有發燒了」的意思。若要強調「現在」的話，可以把 now 放到最前面，寫成 now I have no fever。

公式⓭ 副詞

　　「幸運的是」也就是「幸運地」，因此會用 fortunately 這個副詞。

　　而 fortunately 是修飾整個句子的副詞，所以要放在句首，用逗號區隔後再連接後面的句子。

解答

Fortunately, I've almost recovered from the flu and now I have no fever.

❸ 因為這幾天一直很冷，所以也要請您照顧好自己。

STEP 1

　　前半句的「這幾天一直很冷」表達的是「寒冷的天氣一直持續」的意思，所以會用表示持續的現在完成式來寫。**句子內容談論的是天氣，所以只要用 it 來開頭，就能輕鬆把句子寫出來**，句子寫成 **it has been cold**。

公式⓿ 主詞 It 的用法

　　表示「這幾天」的 these days 會放在句尾。

STEP 2

　　後半句「所以也要請您照顧好自己」中的「請您照顧好自己」，「照顧～」是 take care of ~，在這之後加上表示「自己」的 yourself，寫成 take care of yourself。這種祈使句的表達方式是固定的，所以可以直接記下來就好。

　　句子中就算沒有出現「強調程度」的要素也沒有關係，但若想更強調語氣，可寫成 take good care of yourself。

　　由於前半句和後半句之間是「因果」關係，所以會使用能表示因果的連接詞 so 來連接前後兩句。

解答

It has been cold these days, so take good care of yourself.

　　雖然與中文句子的語意稍有不同，但也可以把上面這個句子簡單寫成底下這句話。

Take good care of yourself on these cold days.

 郵件

向我介紹紐約吧！

❶ 嗨！Tim。我預計在 4 月 27 日中午左右抵達紐約。

❷ 我想去的有自由女神像、時代廣場及現代藝術博物
館。

❸ 我會帶相機去，所以可以請你帶我去紐約其他好拍的
拍照景點嗎？

試著寫寫看！

❶
_____
_____

❷
_____
_____

❸
_____
_____

單字・表達

「自由女神像」：the Statue of Liberty 　 「時代廣場」：Times Square
「現代藝術博物館」：the Museum of Modern Art (MoMA)
「拍照景點」：shooting spots

解說

❶ 嗨！Tim。<u>我預計在 4 月 27 日中午左右</u><u>抵達紐約</u>。

STEP 1

　　句子的主要架構是「我預計～抵達紐約」。這裡會用 schedule 的被動語態 be scheduled 來表示「預計」，後面再接 to 不定詞。

　　「抵達」可以用動詞 arrive 來表達，但要注意的是，因為這個動詞是不及物動詞，所以在接受詞之前，必須先加上介系詞，這裡的介系詞會用 in，寫成 arrive in New York。

STEP 2

　　「4 月 27 日中午左右」的「中午」是 noon。若是「剛剛好在正午」則會寫成 at noon，不過「中午左右」是一個大概的時間，就會用 around（左右～），寫成 around noon。「4 月 27 日」寫成 on April 27。

　　句子一開頭的「嗨！Tim。」是用來打招呼的話，直接用 Hi, Tim. 就行了。

解答

Hi, Tim. I'm scheduled to arrive in New York around noon on April 27.

要點　「be 過去分詞 to do」

除了 be scheduled to 之外，下面是其他經常以這型式來使用的慣用表達。

be planned to do （打算做～）

be determined to do （下定決心去做～）

be supposed to do （應該做～）

be expected to do （被預期去做～）

❷ 我想去的有自由女神像、時代廣場及現代藝術博物館。

STEP 1

　　這個句子的主詞雖然是「我想去的」，但正確來說是「我想去的地方」。「地方」就是 place，而句子裡列舉了三個地點，所以會用複數的 the places。「想去」寫成 I want to go，會以表示地點的關係副詞 where 來連接。

　　這麼一來，主詞就會寫成 The places where I want to go。

STEP 2

　　想去的地方有三個。當以連接詞 and 來連接三個以上的東西時，寫法是＜A, B and C＞。就算你想破頭也沒辦法知道這些在紐約的觀光景點的英文是什麼，所以乾脆上網查或是查字典吧！

「自由女神像」：the Statue of Liberty
「時代廣場」：Times Square
「現代藝術博物館」：the Museum of Modern Art（簡稱 MoMA）

　　按照 and 的使用規則把這三個景點連接起來，就會寫成 the Statue of Liberty, Times Square and MoMA。

　　之後，用 are 將這部分與前半句相連接。

解答

> The places where I want to go are the Statue of Liberty, Times Square and MoMA.

　　下面這個句子是單純說明「想去看自由女神像、時代廣場和現代藝術博物館」，其實與題目這句的句意沒有什麼差別，所以也可以寫成下面這個句子。

　　I want to go to the Statue of Liberty, Times Square and MoMA.

❸ 我會帶相機去，所以可以<u>請你帶我去紐約其他好拍的拍照景點</u>嗎？

STEP 1

前半段「我會帶相機去」中的「帶」直接用 bring 就可以了。因為要表達的是關於未來的意志，所以會用助動詞 will，寫成 I'll bring my camera。另外，為了配合 bring 這個字，會在英文句子中加上 with me 讓語氣更自然。

句子中有「所以～」，因此後半句用 so 開頭。

STEP 2

後半句的「請你帶我去」會用請求句型來表達，這裡的語氣較輕鬆，所以會寫成 Can you～。

「帶我去」是 take me to～。「拍照景點」也就是「攝影的地點」，所以最合適的英文寫法是 shooting spots。最後，再將表示「其他好拍的」的 other good 加進句子裡。

後半句就會寫成 can you take me to other good shooting spots in New York?。

解答

I'll bring my camera with me, so can you take me to other good shooting spots in New York?

 要點　「動詞 -ing ＋名詞」

與 shooting spot（人的行為＋名詞）一樣型態的詞組，在日常生活中意外地常用。

sightseeing spot（觀光景點）　　**meeting point**（會面點）
fitting room（試衣間）　　**relaxing place**（放鬆的地方）

深刻而令人感動的電影

❶ 《Still Alice》是一部關於罹患失智症的中年女性的電影。

❷ 這部電影冷靜地描繪了她在病情持續惡化下的生活。

❸ 雖然這是個嚴肅又痛苦的故事,但我非常感動。

試著寫寫看!

❶

❷

❸

單字・表達

「失智症」:dementia 「中年的」:middle-aged
「病情」:illness 「冷靜地」:coolly
「描繪」:depict 「嚴肅的」:serious
「痛苦的」:painful

解說

❶ 《Still Alice》是一部關於罹患失智症的中年女性的電影。

STEP 1

這一句的主要架構是「《Still Alice》是一部～的電影」。《Still Alice》是電影名，所以用電腦打字時要記得改用斜體。「電影」是 movie，寫成 *Still Alice* is a movie ～。

STEP 2

接著我們來思考「關於罹患失智症的中年女性」這部分。「中年的」可使用形容詞 middle-aged，而「中年女性」就會寫成 middle-aged woman。

我們可以用關係代名詞來補充說明 woman 的狀況，也就是「罹患失智症」的部分。因為 woman 是人，所以要用主格關係代名詞 who。

「失智症」是 dementia，把「罹患～」想成「得到～」就可以了（在中文裡也有「得到～病」的這種講法），動詞會用 get。因為「得病」這件事對現在也會造成影響，所以這裡要用現在完成式。

先行詞是 woman，所以 have 改成 has，且這邊用了縮寫，寫成 a middle-aged woman who's got dementia。

或者，也可以想成 woman 是「有失智症」，簡單寫成 with dementia。

「關於～」會用介系詞 about 表達，放在 movie 之後。

解答

Still Alice is a movie about a middle-aged woman who's got [with] dementia.

❷ 這部電影冷靜地描繪了她在病情持續惡化下的生活。

STEP 1

　　句子的主要架構為「這部電影～描繪了她的生活」。

　　「描繪」使用 depict 來表達。depict 的語意就像繪畫或電視等，帶有「如影像般描述」的意思。主詞 the movie 是第三人稱單數，因此動詞須加上 s。「她的生活」寫成 her life。

　　此外，movie 在前面第一句就已經出現過了，所以一般會利用代名詞 it 來代稱。不過，若是想強調「電影」，或當代名詞無法讓人一眼看清所指的是哪個詞彙時，就會再次使用該名詞。

　　修飾語的「冷靜地」可以用副詞 coolly 來表達，可放在動詞前或 her life 之後。

　　句子到此寫成 The movie coolly depicts her life。

STEP 2

　　接下來要思考的是，「病情持續惡化」要如何與上述主要句子架構相連接。

　　連接詞的 as 有「持續（改變）～中、一邊～一邊～」的意思，因此只要用 as 就能順利的把它們連接起來。

　　「病情」是 illness，「她的病情」寫成 her illness。「惡化」會用 worsen，且這邊因為是第三人稱單數現在式，所以別忘了要加上 s。「持續」可使用 progressively（逐步地）這個副詞來表達一個漸進的過程。

　　這部分寫成 as her illness progressively worsens，只要把它加在主要句子之後，整個句子便完成了。

解答

The movie coolly depicts her life as her illness progressively worsens.

❸ 雖然這是個嚴肅又痛苦的故事，但我非常感動。

STEP 1

　　首先來處理句子前半段的「嚴肅又痛苦的故事」，句中用了「嚴肅」與「痛苦」這兩個形容詞來形容 story（故事）。「嚴肅」可以直接用 serious，「痛苦」則用 painful。

　　如果這邊又在句子裡用了 movie 的話，那就已經出現第三次了，所以會改用代名詞 it 來代稱。

　　寫成 It is a serious and painful story。

STEP 2

　　把後半句的「我非常感動」想成「我被深深感動了」的話，就會比較好下筆。

公式❹ 被動語態

　　「被感動」是將表示「使感動」這個意思的動詞 move，以被動語態的型式來使用，這裡因為是過去式，所以會寫成 **I was moved**。在這句子中加入表示「非常」的副詞 deeply，寫成 I was deeply moved。

　　前半句和後半句之間是「雖然～但～」的一個轉折，所以會使用轉折語氣連接詞，這裡可使用對等連接詞的 but 或從屬連接詞的 although。

解答

It is a serious and painful story, but I was deeply moved.

Although it is a serious and painful story, I was deeply moved.

商務書信

感謝您的照顧

❶ 非常感謝您在西雅圖對我的照顧。

❷ 您帶我去的那間義大利餐廳的氣氛很好，而且它的菜也很棒。

❸ 下次您來台北的時候，我會帶您去一間好餐廳。

試著寫寫看！

❶

❷

❸

單字・表達

「西雅圖」：Seattle 「帶～去」：take

「氣氛」：atmosphere 「菜」：dish

解說

❶ 非常感謝您在西雅圖對我的照顧。

STEP 1

　　句子的主要架構是「非常感謝～」，這邊會用表示感謝的句型來寫。因為中文句子的語氣較為客氣，所以這裡會選用較禮貌的表達方式來寫，可使用 Thank you very much，或 I really appreciate。

　　若以 Thank you 開頭，感謝的理由會接在 for 之後，如果用的是 appreciate，則會直接接受詞。

STEP 2

　　這裡感謝的理由是「您在西雅圖對我的照顧」，但這種內容要寫成英文並不容易，所以可以改以「您在西雅圖為我所做的一切」來思考。

　　「一切」寫成 all the things，而「您為我所做的～」可簡單以 you've done for me 來表達。在這個情境之下，比起使用過去式，若在動詞部分使用現在完成式的話，就能更讓人有切身的感受。

　　而 all the things 與 you've done for me 之間則會用受格關係代名詞 that 來連接，但這邊的 that 可以省略。另外，先行詞中若有 all、only 等字；或以最高級的形容詞來修飾先行詞時，關係代名詞要使用 that 而不可使用 which。

解答

Thank you very much for all the things you've done for me in Seattle.

I really appreciate all the things you've done for me in Seattle.

❷ 您帶我去的那間義大利餐廳的氣氛很好，而且它的菜也很棒。

STEP 1

這一句的主要架構是「那間義大利餐廳的氣氛很好，而且它的菜也很棒」。**主詞是 The Italian restaurant**，「**氣氛很好**」可以思考成餐廳「**有好的氣氛**」，動詞就用 **have**。

公式❹ 表達「存在」

「氣氛」是 atmosphere、「好」可以用 nice、great 或 wonderful 等形容詞來表達。

「菜也很棒」的「菜」可以寫成 dishes 或 food。「很棒」也就是「很厲害」，可以用 great、wonderful 或語氣更加強烈的 splendid 等字來寫，讓句子更貼切，不過在寫的時候，盡量不要和前面出現過的「好」使用重複的詞彙。最後，加上 also 來表示「也～」。

句子到目前為止寫成 The Italian restaurant had a great atmosphere and its dishes were also wonderful。

STEP 2

修飾 restaurant 的「您帶我去的」這部分，會利用關係詞來寫。「您帶我去的」寫成 you took me。若使用關係代名詞 which 來連接的話，則需要再加上介系詞 to，不過若使用的是關係副詞 where，那就不需要加 to。

解答

The Italian restaurant <u>where you took me</u> [which you took me to] had a great atmosphere and its dishes were also wonderful.

❸ 下次您來台北的時候，我會帶您去一間好餐廳。

STEP 1

　　句子的主要內容是「我會帶您去一間好餐廳」，句子中的「帶您去」可以使用 take you 來表達。在寫「好餐廳」中的「好」的時候，最好能使用到目前為止都還沒有出現在前面兩句裡的形容詞，而「餐廳」則是 restaurant。

STEP 2

　　「下次您來台北的時候」直接寫成 when you come to Taipei next time 即可，或可使用連接詞 the next time（下次）寫成 The next time you come to Taipei 也可以。

　　必須要注意的是，即便寫的是未來的事情，在表示時間的副詞子句中，還是要使用現在式而非未來式，所以這邊不需要用 will，只要在主要子句中使用未來式的 will，就可以知道這邊講的是在未來發生的事。

解答

When you come to Taipei next time, I'll take you to a nice restaurant.

The next time you come to Taipei, I'll take you to a nice restaurant.

要點 「副詞子句與名詞子句」

　　副詞子句就是用來修飾主要子句中的動詞、副詞或形容詞的子句。例如，上面解答例句中 When 以下的內容，修飾的就是主要子句的 take，彼此的關係是「～的時候 → 就帶～」。

　　名詞子句的部分則以 I don't know when he will come. 這個句子為例，when 以下的部分扮演著名詞的角色，被當成了 know 的受詞，而在表示未來時，一般會在名詞子句裡使用未來式的 will。

在鳥鳴聲中醒來

❶ 這個鬧鐘會用鳥鳴聲叫醒你。

❷ 你可以從八種鳥中做選擇，例如布穀鳥或雲雀。

❸ 聽著令人精神為之一振的聲音醒來，真的非常愉快。

試著寫寫看！

❶

❷

❸

單字・表達

「鬧鐘」：alarm clock　「鳥鳴聲」：bird songs

「選擇」：select　「布穀鳥」：cuckoo

「雲雀」：lark　「令人精神為之一振的」：refreshing

解說

❶ 這個鬧鐘會用鳥鳴聲叫醒你。

STEP 1

句子的主要架構是「這個鬧鐘～叫醒你」

「鬧鐘」是 alarm clock，「這個」表示這是一個特定的鬧鐘，所以必須加上指示代名詞的 this。

「叫醒你」會用到 wake up（叫醒）這個動詞片語，因為主詞 alarm clock 是第三人稱單數，因此別忘了把動詞 wake 加上 s。

wake 的受詞是 you（你），這裡的 you 指的是「不特定的人」。另外，像 wake up 這種動詞片語，要接代名詞的時候，會把代名詞放在動詞與副詞之間，寫成 wake you up。但如果要接的是像 your guests 這種名詞，則會寫成 wake up your guests。

到目前為止句子寫成了 This alarm clock wakes you up。

STEP 2

接下來處理「用鳥鳴聲」這部分，首先，「用～」表達的是「手段」，所以會使用能夠表達手段的介系詞 with。 公式⓰ 介系詞

請注意「鳥鳴聲」雖然就是「鳥的叫聲」的意思，但這裡不能使用 voice，這是因為 voice 指的是「人的聲音」，而鳥的「叫聲」要用 sound，但這裡若使用感覺聲音響亮的 song（歌聲）似乎更能表達出句子情境，把這部分和表示手段的介系詞 with 連接起來，寫成 with bird songs。

解答

This alarm clock wakes you up with bird songs.

❷ 你可以從八種鳥中做選擇，例如布穀鳥或雲雀。

句子的主要架構是「你可以從八種鳥中做選擇」。

主詞是「不特定的人」，所以會使用 you，「你可以做～」的這種語氣通常會使用 You can～來開頭。

「選擇」是 select，select from 有「從～中做選擇」的意思。

「八種鳥」中的「種類」是 kind，寫成 eight kinds of birds。

句子到此寫成 You can select from eight kinds of birds。

接下來要加上「例如布穀鳥或雲雀」這部分，而「例如」最簡單的表達方式就是用 such as。

「布穀鳥」是 cuckoo、「雲雀」是 lark，所以會寫成 such as a cuckoo and a lark。

將這部分放在 birds 的後面，此外，由於 such as 這部分比較長，所以會在前面加上逗號來區隔。

解答

You can select from eight kinds of birds, such as a cuckoo and a lark.

❸ 聽著令人精神為之一振的聲音<u>醒來</u>，真的非常愉快。

STEP 1

「～，真的非常愉快」是這個句子的主要架構。

考慮到這裡的「～」是「醒來」這個動詞，**所以如果用虛主詞 It 來寫的話，句子的架構會比較簡單，這裡會用＜It is 形容詞 to do ～＞ 這個句型來寫。**

公式❿ 主詞 It 的用法

放入這句型中的形容詞是「非常愉快」，可以寫成 very pleasant。這裡再次使用 wake up 來表達「醒來」。順帶一提，wake 這個字有兩種用法，一個是表達「叫人醒來」的及物動詞，另一種則是「自己醒來」的不及物動詞。這一篇第一句的 wake 是及物動詞，第三句則是不及物動詞的用法。

句子到此寫成 It's very pleasant to wake up。

STEP 2

「聽著令人精神為之一振的聲音」也可以想成是「一邊聽著令人精神為之一振的聲音」，這麼一來就會想到這裡應該要用分詞構句來寫這個部分。

因為這裡的「聽著」，描述的是「自然地聽見」的意思，所以會用 hear 這個字。

「令人精神為之一振的」是 refreshing。

這裡的「聲音」也可以再用一次曾在第一句出現過的 bird songs，但若不喜歡重複的話，則可以使用 sounds 這個字來表達。

把 hear refreshing sounds 改成分詞構句時，hear 必須改成現在分詞 hearing，把這部分和主要子句連接起來的時候，要用逗號分隔。

解答

It's very pleasant to wake up, hearing refreshing sounds.

187

郵件

在倫敦找房子

❶ 我們正在找在南門附近給兩人住的公寓。

❷ 我們的基本要求是要有 2 個房間、超過 60 平方公尺，以及距離車站走路不到十分鐘。

❸ 一旦你發現符合這些要求的公寓，就請通知我。

試著寫寫看！

❶

❷

❸

單字・表達

「南門」：Southgate 「公寓」：flat, apartment

「平方公尺」：square meters 「要求」：requirement

解說

❶ 我們正在找在南門附近給兩人住的公寓。

STEP 1

第一步先抓出這個句子的主要架構「我們正在找公寓」。「找」是 look for ~，「正在～」表示這是現正進行中的動作，所以會用現在進行式 **we're looking for ~**。

 公式❺ 現在進行式

美式英文的公寓是 apartment，英式英文則是 flat，這兩個單字都可以用，不過因為句子中出現的「南門（Southgate）」是在倫敦附近的地名，所以這裡用 flat。

寫成 We're looking for a flat。

STEP 2

「給兩人住的」的「兩人」寫成 two people 也可以，不過考慮到這裡的「兩人」指的可能是「夫妻」或「情侶」，所以使用 a couple 來表達會比較好。「給～」簡單來說就是「為了～」，所以寫成 for a couple，並接在 flat 之後。

不用把「南門附近」的「附近」想得太難，只要**使用表示「～附近」的介系詞 around 就行了**，並將 around Southgate 放在句尾。

 公式⓰ 介系詞

解答

> We're looking for a flat for a couple around Southgate.

要點　「介系詞 around」

介系詞 around 可以用來表示「大概在某時間、空間、數值的附近」。用來表達不確定的狀態時非常好用。

around here（在這附近）　　　　　**around 7 o'clock**（大概 7 點左右）
around $200 （大概 200 美金）

❷ 我們的基本要求是要有 2 個房間、超過 60 平方公尺，以及距離車站走路不到十分鐘。

STEP 1

　　這個句子是由三組詞彙（也就是三個基本要求）所組成的，所以這裡會用＜A, B and C＞的句型來寫。

　　「2 個房間」的部分非常簡單，直接寫成 two bedrooms。

　　「超過 60 平方公尺」，首先「平方公尺」是 square meters，這裡可以用介系詞 over 或比較級的 more than 表達「超過～」，寫成 over [more than] 60 square meters。

　　「距離車站走路不到十分鐘」這部分，首先先處理「不到十分鐘」。「不到～」可使用比較級的 less than，寫成 less than ten minutes。「距離車站走路（的距離）」寫成 walk from the station，這裡的車站是指假想中的特定車站，所以要加上定冠詞 the。「不到十分鐘」＋「距離車站走路（的距離）」之間會用表示「所有關係」的撇號（'）來連接，寫成 less than ten minutes' walk from the station。

　　最後把這三個要求連接在一起，寫成 two bedrooms, over 60 square meters and less than ten minutes' walk from the station。

STEP 2

　　「基本要求」的「基本」是 basic，「要求」是 requirement，因為這邊的要求有三個，所以會用複數。接著再把 our（我們的）加上去表示「我們的基本要求」，寫成 our basic requirements，這個句子的主詞就完成了。

　　主詞和三個要求之間只要用 are 來連接就可以了。

解答

Our basic requirements are two bedrooms, over 60 square meters and less than ten minutes' walk from the station.

❸ 一旦你發現符合這些要求的公寓，就請通知我。

STEP 1

公式⓮ 連接詞

前半句用 As soon as 開頭，來表達出「一旦～就～」。

接著來思考「發現符合這些要求的公寓」這部分。這裡「發現公寓」的人是「你」，所以可以寫成 you find the flat，不過因為 flat 這個字已經在第一句中出現過了，所以這邊會換成用不定代名詞的 one 來寫。

再來處理「符合這些要求」，這個情境下的「符合」會用 meet 這個字來表達，所以會寫成 meet these requirements，並用主格關係代名詞 that 或 which 接在 the one 之後。

句子到此寫成 as soon as you find the one that meets these requirements。

STEP 2

「請通知我」的「通知」，只要使用慣用表達 let me know 就能輕鬆解決了。

let 有「讓～」的意思，像 let me check（請讓我確認）、let me explain（請讓我說明）這樣，呈現出較有禮貌的語氣。

只寫 let me know 也沒有什麼問題，不過若想增加句子的禮貌感，那就可以加上 please。

解答

As soon as you find the one that meets these requirements, please let me know.

英文寫作的
日常生活必備表達 420

這部分統整了對日常寫作有幫助的英文表現。好好閱讀並配合需要的場合來使用吧！

【表達句型】

● 感謝

☐ Thank you for ~　感謝你～

☐ I really appreciate ~　我真的很感謝～

☐ I'm very grateful for ~　我非常感激～

☐ I just can't thank you enough.　我對你真是感激不盡。

● 道歉

☐ I'm sorry for ~　對於～我很抱歉

☐ I apologize for ~　我要為了～致歉

☐ Please accept my sincere apology for ~　請接受我對～的誠摯歉意

● 請求

☐ Could you ~?　可以請你～嗎？

☐ Would you mind if ~?　你介意～嗎？

☐ It would be grateful if you could ~.　如果你能～就太感激了。

☐ I'd be very happy if you could ~.　如果你能～，我會非常開心。

☐ I'm wondering if you could ~.　我在想你是不是能～。

● 提議或邀請

☐ Let's ~.　一起～吧！

☐ Why don't you ~?　你為何不～？

☐ Would you like ~?　你想不想～？

● 建議／推薦

☐ I recommend ~　我建議／推薦～

☐ You should ~　你應該～

● 希望・願望
- □ I wish ~　我希望～
- □ I wish I could [would] ~　我希望我可以～

● 贊成或反對
- □ I'm in favor of ~　我贊成～
- □ I agree with A on B.　我在 B 上同意 A。
- □ I disagree with A on B.　我在 B 上不同意 A。
- □ I'm opposed to ~　我反對～

● 遺憾
- □ I'm so sorry for your loss.　節哀順變。
- □ Please accept my deepest condolences.　請接受我最深切的哀悼。
- □ My thoughts and prayers are with you.　我與你同在且為你禱告。

● 表達情緒
- □ Congratulations on ~　恭喜～
- □ Best wishes on ~　恭喜～
- □ as a token of ~　～做為[感謝或歉意]的表示
- □ Good luck to you!　祝你好運！

● 傳遞意見
- □ I think ~　我覺得～
- □ I wonder if ~　我在想是不是～
- □ I hope ~　我希望～
- □ I'm sure ~　我確定～
- □ In my opinion, ~　就我而言～
- □ I'm worried about ~　我擔心～

【 電子郵件・信件的表達 】

● 稱謂與提稱語　＊ **I** = informal 、**F** = formal
- □ Mika,　＊I/F
- □ Dear Mika,　＊I/F
- □ Mika Sakai,　＊F
- □ Dear Ms. Sakai,　＊F

☐ To whom it may concern,　＊F（不曉得負責人是誰的情況下使用）
☐ Dear Sir or Madam,　＊F（不曉得負責人是誰的情況下使用）

● 結尾敬詞
☐ Sincerely,　＊I
☐ Sincerely yours,　＊I/F
☐ Best wishes,　＊I
☐ Thanks,　＊I
☐ Regard,　＊F
☐ Best regards,　＊F
☐ Yours faithfully,　＊F

● 開頭應酬語
☐ How's everything?　一切都好嗎？
☐ How have you been these days?　你最近過得怎麼樣？
☐ I hope this e-mail finds you well.　我希望你一切都好。
☐ I'm writing to inform you ~　我寫這封信是為了通知您～
☐ I'm very pleased to inform you ~　我很高興通知您～
☐ This mail is to inform you ~　這封信是為了通知您～
☐ Many thanks for your inquiry.　非常感謝您的詢問。
☐ I regret to inform you ~　我很遺憾通知您～

● 結尾應酬語
☐ I look forward to your reply.　期待您的回信。
☐ Have a nice weekend!　祝週末愉快！
☐ Please send my kindest regards to ~.　請代我向～致上最誠摯的問候。
☐ I'll be counting on you.　接下來請你多多指教。
☐ Please take good care of yourself.　請好好照顧自己。
☐ I want to keep in touch with you.　我想與你保持聯繫。

● 慣用表達
☐ Bon voyage!　旅途愉快！
☐ Attached please find the file.　請確認附加檔案。
☐ I enclose ~　我附上～
☐ Let me know ~　請讓我知道
☐ Thank you very much for your cooperation.　非常感謝您的合作。
☐ Thank you very much for your understanding.　非常感謝您的諒解。

【生活表達】──────────

● 情感表達

- □ happy　快樂的
- □ pleased　高興的、愉快的
- □ angry　生氣的
- □ sad　傷心的
- □ sorry　感到遺憾的；感到可憐的
- □ tired　疲累的
- □ proud　自豪的
- □ confident　有自信的
- □ great　很棒的
- □ wonderful　很棒的
- □ cool　很酷的
- □ lovely　可愛的；很棒的
- □ excited　感到興奮的
- □ embarrassed　尷尬的
- □ satisfied　滿足的
- □ interested　感興趣的
- □ surprised　驚訝的
- □ amazed　驚訝的
- □ worried　擔心的
- □ concerned　憂慮的
- □ disappointed　失望的
- □ inspired　受到激勵的
- □ moved　感動的
- □ thankful　感謝的
- □ grateful　感激的

● 自我介紹用語

- □ nickname　暱稱
- □ call　稱呼
- □ nationality　國籍
- □ hometown　家鄉
- □ family　家族；家人
- □ relative　親戚
- □ hobby　興趣
- □ favorite　最喜歡的
- □ spare time　閒暇時間
- □ work for ~　在～工作
- □ profession　職業
- □ company staff　公司員工
- □ public worker　公務員
- □ self-employed　自營的
- □ own one's company
　　自己經營公司

● 日常行為

- □ get up　起床
- □ go to bed　去睡覺
- □ sleep　睡覺
- □ cosmetics　化妝品
- □ perfume　香水
- □ clothes　衣服
- □ wear　穿
- □ chat　聊天
- □ cook　料理
- □ go shopping　逛街
- □ pay bills　支付帳單
- □ feed a pet　餵寵物
- □ household chores　家事
- □ do the laundry　洗衣服
- □ iron　熨燙
- □ hang out　晾（衣服等）
- □ messy　雜亂的
- □ tidy　整理
- □ trash　垃圾
- □ garbage　垃圾

- ☐ clean 打掃
- ☐ vacuum （用吸塵器）吸
- ☐ wipe 擦拭
- ☐ polish 擦亮

● 家庭
- ☐ refrigerator/fridge 冰箱
- ☐ washing machine 洗衣機
- ☐ dryer 烘乾機
- ☐ microwave oven 微波爐
- ☐ TV set 電視機
- ☐ game console 遊戲機
- ☐ remote 遙控器
- ☐ sink 水槽
- ☐ pantry 放食材或餐具的收納櫃
- ☐ cupboard 碗櫥
- ☐ kitchenware/kitchen utensils 廚房用具
- ☐ cutlery 餐具
- ☐ vanity table 梳妝台
- ☐ furniture 家具
- ☐ lighting 燈具
- ☐ couch 沙發
- ☐ bookshelf 書櫃
- ☐ drapes/curtain 窗簾

● 公司
- ☐ go to work/commute 通勤
- ☐ leave office 下班
- ☐ job 工作
- ☐ part-time 兼職
- ☐ assignment/duty 業務
- ☐ work overtime 加班
- ☐ meeting 會議

- ☐ chair 主持（會議等）
- ☐ business trip 出差
- ☐ company 公司
- ☐ headquarters 總公司
- ☐ branch 分公司
- ☐ factory 工廠
- ☐ found 設立
- ☐ global 全球的
- ☐ title 職稱
- ☐ president 總裁
- ☐ manager 經理
- ☐ boss 老闆
- ☐ coworker 同事
- ☐ subordinate 下屬
- ☐ raise 加薪
- ☐ promotion 升職
- ☐ transfer 調任

● 學校
- ☐ kindergarten 幼稚園
- ☐ elementary school 國小
- ☐ junior high school 國中
- ☐ high school 高中
- ☐ junior college 二專
- ☐ college/university 大學
- ☐ public school 公立學校
- ☐ private school 私立學校
- ☐ go to school 去上學
- ☐ grade 學級；成績
- ☐ midterm test 期中考
- ☐ end-of-the-term test 期末考
- ☐ entrance exam 入學考
- ☐ pass 合格
- ☐ fail 不合格

- [ ] dropout　輟學
- [ ] cram school　補習班
- [ ] educational expenses
  教育開支
- [ ] class　課程；班級
- [ ] enroll　註冊、登記入學
- [ ] tuition fees　學費
- [ ] scholarship　獎學金
- [ ] major　主修
- [ ] undergraduate　大學生
- [ ] transfer　轉系
- [ ] graduate　畢業；大學畢業生
- [ ] credit　學分
- [ ] job search　找工作

● 育兒
- [ ] expecting/pregnant　懷孕
- [ ] give birth　生產
- [ ] baby　嬰兒
- [ ] toddler　還不太會走路的小孩
- [ ] cradle　嬰兒床
- [ ] baby buggy　嬰兒手推車
- [ ] kid/child　小孩
- [ ] discipline　教養
- [ ] rattle　波浪鼓
- [ ] nursery　托兒所
- [ ] raise a child　撫養小孩
- [ ] baptism　洗禮

● 吃飯與聚會
- [ ] meal　餐
- [ ] breakfast　早餐
- [ ] lunch　午餐
- [ ] luncheon　午餐餐會

- [ ] dinner　晚餐
- [ ] meat　肉
- [ ] vegetable　蔬菜
- [ ] vegetarian　素食主義者
- [ ] appetizer　開胃菜
- [ ] main course　主菜
- [ ] dessert　甜點
- [ ] beverage　飲料
- [ ] alcohol　酒
- [ ] refreshments　茶點
- [ ] marriage ceremony　結婚典禮
- [ ] reception　接待會；宴會
- [ ] banquet　宴會
- [ ] invitation　邀請（函）

● 旅行
- [ ] airline　航空公司
- [ ] flight　班機
- [ ] board　搭乘
- [ ] destination　目的地
- [ ] departure　出發
- [ ] arrival　抵達
- [ ] delay　延遲
- [ ] cancellation　取消（航班等）
- [ ] jet lag　時差
- [ ] luggage/baggage　行李
- [ ] railway　鐵路
- [ ] track~　～號線
- [ ] subway　地下鐵
- [ ] intersection　十字路口
- [ ] corner　轉角

● 觀光
- [ ] tourist　觀光客

- ☐ sightseeing spot　觀光景點
- ☐ attraction　景點
- ☐ landmark　地標
- ☐ world heritage　世界遺產
- ☐ optional tour　選擇性行程
- ☐ cruise　郵輪
- ☐ excursion　短途旅行、遠足
- ☐ guided tour　導覽行程
- ☐ admission fees　入場費
- ☐ museum　博物館
- ☐ art gallery　藝廊；美術館
- ☐ castle　城堡
- ☐ fortress　堡壘
- ☐ church　教堂
- ☐ cathedral　大教堂
- ☐ temple　寺廟
- ☐ shrine　神殿；神社
- ☐ statue　雕像
- ☐ remains　遺跡
- ☐ village　村莊
- ☐ souvenir　紀念品

● 天氣
- ☐ hot　熱的
- ☐ muggy　悶熱的
- ☐ cool　涼爽的
- ☐ cold　寒冷的
- ☐ freezing　極寒冷的
- ☐ humid　潮濕的
- ☐ fine/shiny/clear　晴朗的
- ☐ rainy　下雨的
- ☐ drizzle　下毛毛雨
- ☐ cloudy/overcast　陰天的
- ☐ snowy　下雪的

- ☐ windy　颱風的
- ☐ hazy　霧濛濛的
- ☐ storm　暴風雨
- ☐ typhoon　颱風
- ☐ weather forecast　天氣預報
- ☐ climate　氣候
- ☐ temperature　溫度
- ☐ degree　度
- ☐ earthquake　地震
- ☐ flood　淹水
- ☐ landslide　土石流

【經常使用的基本表達】──

● 連接詞‧連接副詞
- ☐ and　～和～；然後～
- ☐ but　但是
- ☐ or　或者
- ☐ so　所以
- ☐ yet　但是
- ☐ however　然而
- ☐ moreover　此外
- ☐ as　因為～；做為～
- ☐ although　儘管～
- ☐ while　另一方面～；當～
- ☐ because　因為～
- ☐ after/since　在～之後
- ☐ if　如果～
- ☐ when　當～
- ☐ whether　是否～
- ☐ as soon as　一～就～
- ☐ as long as　只要～

● 常用副詞

- [ ] recently　最近
- [ ] lately　最近
- [ ] soon　很快
- [ ] early　早地
- [ ] immediately　立刻
- [ ] then　那個時候；從那之後
- [ ] here　這裡
- [ ] somewhere　某處
- [ ] downtown　市中心
- [ ] very　非常
- [ ] quite　相當
- [ ] only　只有
- [ ] also　也
- [ ] just　剛剛；正是
- [ ] carefully　小心地
- [ ] extremely　極端地
- [ ] slightly　稍微地
- [ ] gradually　逐漸地
- [ ] drastically　劇烈地
- [ ] rarely　稀少地
- [ ] often　常常
- [ ] sometimes　偶爾
- [ ] usually　通常
- [ ] always　總是
- [ ] really　真的；非常
- [ ] maybe　也許
- [ ] perhaps　或許
- [ ] surely　確定地；當然
- [ ] anyway　無論如何
- [ ] actually　實際上
- [ ] happily　開心地
- [ ] eventually　終究

- [ ] unfortunately　不幸地
- [ ] regrettably　遺憾地

● 慣用表達

- [ ] as well as　～也～
- [ ] at least　至少
- [ ] at last　終於
- [ ] at the same time　同時
- [ ] as for　至於～
- [ ] according to　根據～
- [ ] because of　因為～
- [ ] both A and B　A 與 B 兩者都
- [ ] by the way　順帶一提
- [ ] even if　即使～
- [ ] every other　每隔～
- [ ] for example　例如
- [ ] for the first time　首次
- [ ] in addition　此外
- [ ] in fact　事實上
- [ ] in front of　在～的前面
- [ ] in spite of　儘管～
- [ ] in the future　在未來
- [ ] next to　在～旁邊
- [ ] no longer　不再～
- [ ] not only A but also B
      不只 A，B 也～
- [ ] in terms of　就～而言
- [ ] over there　在那裡
- [ ] so far　到目前為止

台灣廣廈 國際出版集團
Taiwan Mansion International Group

國家圖書館出版品預行編目（CIP）資料

從零開始學英文寫作/成重壽著；陳書賢譯. -- 初版. -- 新北市：
國際學村出版社, 2023.06
　　面；　公分
ISBN 978-986-454-274-1（平裝）

1.CST：英語 2.CST：寫作法

805.17　　　　　　　　　　　　　　112001639

🌐 國際學村

從零開始學英文寫作

不論自己學還是老師備課教學都好用！只要用國中程度的英文，配合重組、造句及三句寫作練習，就能養成必備架構邏輯、征服英文寫作！

作　　者／成重　壽	編輯中心編輯長／伍峻宏・編輯／徐淳輔
翻　　譯／陳書賢	封面設計／張家綺・內頁排版／菩薩蠻數位文化有限公司
	製版・印刷・裝訂／東豪・弼億・明和

行企研發中心總監／陳冠蒨	線上學習中心總監／陳冠蒨
媒體公關組／陳柔彣	數位營運組／顏佑婷
綜合業務組／何欣穎	企製開發組／江季珊

發　行　人／江媛珍
法　律　顧　問／第一國際法律事務所 余淑杏律師・北辰著作權事務所 蕭雄淋律師
出　　版／國際學村
發　　行／台灣廣廈有聲圖書有限公司
　　　　　地址：新北市235中和區中山路二段359巷7號2樓
　　　　　電話：（886）2-2225-5777・傳真：（886）2-2225-8052
讀者服務信箱／cs@booknews.com.tw

代理印務・全球總經銷／知遠文化事業有限公司
　　　　　地址：新北市222深坑區北深路三段155巷25號5樓
　　　　　電話：（886）2-2664-8800・傳真：（886）2-2664-8801
郵　政　劃　撥／劃撥帳號：18836722
　　　　　劃撥戶名：知遠文化事業有限公司（※單次購書金額未達1000元，請另付70元郵資。）

■出版日期：2023年06月　　ISBN：978-986-454-274-1
版權所有，未經同意不得重製、轉載、翻印。